외설

임

꺽

정

비오리 著

지성문화사

머리말

 조선을 창건한 이성계는 정권찬탈이라는 불명예스러운 오명을 씻기 위해 과감한 제도 개혁과 피비린내나는 숙정을 통해 대의 명분 찾기에 몰두했다.

 고려와 차별화된 정치의 표방은 세분화 된 신분 제도를 낳게 되었고, 엄격한 신분의 구분은 계층간의 갈등을 심화시켜 결국은 민초들의 항쟁을 불러일으켰다.

 어느 시대를 막론하고 영웅은 난세에 출현하기 마련이다. 백정의 아들로 태어난 임꺽정도 어지러운 시대 상황이 배출한 불세출의 영웅이었다.

 당시의 시대 상황은 몇 년째 계속된 흉년으로 인해 토관들의 착취와 횡포가 극에 달해 있었다. 자연 민심은 흉흉하였고, 전국 각지에서는 화적의 무리들이 불길처럼 일어났다. 그들은 삼삼오오 떼를 지어 몰려 다니며 강탈과 방화를 일삼았다.

 이 소설은 부패한 탐관오리들과 맞서 싸우는 청석골 화적들의 이면에 숨어 있는 주색에 얽힌 얘기들을 그들의 활약상과 더불어 담담하게 그려내었으므로 독자들에게 새로운 재미를 더해 줄 것이다.

저자 씀

차 례

속 서림

수렴청정

　맑고 우렁찬 보우의 게송 소리가 법당 안에 있는 사람들의 영혼을 울리고 있었다. 왕후는 물론이지만 상궁들까지도 보우를 우러러보았다.
　"거창한 중이다."
　"저런 스님과 한 번……"
　인생으로서 더욱이 젊은 청춘으로서는 왕후나 상궁들이나 매일반이었다. 젊은 욕정을 참고 살기는 오히려 상궁들이 왕후보다 더 뜨거운 고통을 간직하고 있었을 것이었다.
　"제길, 스님들하고라도 딱 한번 놀아보았으면."
　"절에 간 색시라는 말처럼 예전에는 스님들이 꽤 잘해줬던 모양이던데."

상궁들은 모두 자신들도 모르는 긴 한숨만 푹푹 내쉬고 있었다. 이와는 달리 왕후는 은밀하게 미소를 짓고 있었다.

"이 절에 오기를 잘했다. 보우는 내가 오기를 이미 알고 있었을 것이다. 보우 스님, 비를 내려주소서. 가뭄에는 비가 제일이지. 이런, 번뇌망상 번뇌망상."

왕후가 그런 생각을 하고 있을 때, 또다시 보우는 화경과 같은 눈으로 대중들을 바라보았다.

알아들었느냐 혹은 알아듣지 못했느냐 하는 눈빛이었다. 그러더니 그는 그 큰 입을 열어 일갈했다.

"대중(大衆)은 회마(會魔)아?"

우렁찬 보우의 음성은 마치 법당을 뒤흔드는 것 같았다. 그리고 잠시 후 보우는 다시 주장자를 들어 세 번을 두들겼다.

보우는 다시 높은 음성으로 선계를 읊었다.

수지왕사 일륜월 (誰知王舍 一輪月)
만고광명 장불멸 (萬古光明 長不滅)

누가 있어 왕사경 밝은 달이
만고의 빛나는 광명의 길이 멸하지 않음을 아느냐

마치 사자후를 토하듯 게송을 마친 보우는 사자좌에서 내려왔다.

그 때 왕후가 기다렸다는 듯이 자리에서 일어나더니

법사 보우에게 합장 배례를 하였다. 그리고 시녀를 시켜 금란가사 한 벌과 비단 장삼 한 벌, 마노 염주 한 개를 하사하였다.

"왕후 마마의 은총이 하해같사옵니다."

보우는 감격한 듯이 왕후에게 합장하였다. 이렇게 그 날 밤 제는 파하게 되었다. 그리고 밤은 깊어 온천지가 고요했다.

왕후는 대담하게 보우의 선실인 서벽당으로 들어갔다. 서벽당 밖에서 가느다란 바람줄기에 그윽한 풍경 소리가 울려왔다.

서벽당 안은 물을 끼얹은 듯이 고요했다. 대신 황초 타는 소리가 그나마 무거운 고요를 가볍게 흔들 뿐이었다.

왕후는 그림을 그려 옮겨놓은 것처럼 보우의 곁에 앉았다. 보우도 왕후의 곁에 바짝 다가앉았다.

두 사람은 말이 없었다. 왕후가 먼저 조심스럽게 입을 열었다.

"보우 스님."

보우는 왕후에게 두 손을 모아 합장했다.

"보우 스님은 왕후인 나의 고민을 알고 있겠지요."

왕후의 눈빛은 어떤 갈망으로 물기가 어려 있었다. 하지만 보우는 말없이 합장만 하고 있었다.

다만 타는 듯한 보우의 눈빛이 왕후의 풍만한 젖가슴을 응시하고 있을 뿐이었다.

"보우 스님, 스님은 타심통(他心通)을 하셨겠지요."

보우의 눈이 더욱 빛을 내더니 왕후의 얼굴을 정면으로 쏘아보았다.

"왕후 마마."

왕후는 시선을 어디에 두어야 할지 몰라 했다. 보우의 형형한 눈빛은 이미 왕후가 요구하는 것이 무엇인가를 다 알고 있는 듯했다.

왕후는 보우의 무릎에 푹 고개를 묻었다. 그러자 보우는 왕후의 손을 말없이 잡았다. 그리고 떨고 있는 왕후의 손을 자신의 품 속에 넣었다.

"왕후 마마, 걱정 마십시오. 제가 잘 알고 있습니다."

"오! 보우 법사."

"마마."

"법사만이 나를 구해줄 수 있을 겁니다."

"우선 밖의 상궁들을 처소에 돌려 보내시지요."

"오, 그렇지!"

왕후가 문을 열자 나인 두 사람이 서벽당 문앞에 부복하였다. 왕후가 나인들에게 일렀다.

"너희들은 처소에 물러가 있거라. 나는 여기서 보우 스님의 개인적인 설법을 들어야겠다."

궁녀들이 모두 물러가고 서벽당 주위는 점점 더 짙은 정적에 싸여 갔다.

이제는 아무도 보는 이 없고 듣는 이도 없었다. 서벽당 밖에는 아무것도 없었고 서벽당 안에도 아무것도 없었다.

왕후라는 지위도, 도를 닦는 선사의 계율도 아무것도

남지 않게 된 것이었다. 단지 보우라는 한 사내와 그저 윤임의 딸이라는 젊은 과부가 그렇게 마주 앉아 있을 뿐이었다. 마주 앉아 있는 것이 아니라 이미 서로의 살과 살을 쓸어안고 있었다.

보우는 더욱 형형한 눈을 희번득거렸고 왕후는 그 안광에 사로잡혀 있는 듯했다.

보우가 아주 그윽한 음성으로 왕후를 불렀다.

"마마."

왕후는 보우의 목소리에 빨려드는 듯했다.

"왜 그러시는지요?"

"마마, 바라는 것이 하나 있습니다."

"무슨……?"

"이 나라의 불법을 흥하게 하고 싶습니다."

"그야 어렵지 않는 일입니다."

"결코 쉬운 일이 아닙니다."

"염려를 놓으시오, 선사. 내가 왕후 대비로 있는 날까지는."

"그것이 제 걱정입니다."

"그럼 자세히 말씀을 해보시오."

"우선, 승과(僧科)를 부활하였으면 합니다."

"그거야 내가 알아서 할 테니 염려 놓으시오."

"선교양종의 판사를 두었으면 합니다."

"그렇게 하지요."

"왕후께서 유신들의 방해를 누를 수 있겠습니까?"

"그것도 염려 마시오."

"법사."

"말씀 하십시오, 마마."

"내 부탁이 있어요."

"말씀하시지요."

"……"

왕후의 얼굴은 홍시처럼 붉어졌다. 어린애같이 왕후의 눈빛은 촉촉히 빛났다.

"……"

"마마, 주저마시고 말씀하시지요."

보우의 그 말을 듣고도 왕후는 눈만 깜빡거릴 뿐 쉽게 입을 열지 못하고 있었다.

"마마의 병은 소승이 이미 잘 알고 있습니다."

"그렇다면 내 병을 알고 있는 이상……"

"……"

"법사."

"말씀하십시오."

"나를 좀 구해주실 수 있겠지요."

"소승이 비록 재주는 없사오나……"

"법사, 정말 고맙소."

왕후는 보우의 손을 잡았다. 그 때 보우는 알고 있다는 듯 왕후의 허리를 슬그머니 끌어안았다.

왕후는 흡사 도깨비에 홀린 사람 같았다. 보우는 왕후의 허리를 쓰다듬던 손을 멈추고 왕후를 쳐다보았다.

보우의 형형한 눈빛과 마주친 왕후는 부끄러운 듯 말없이 고개를 끄덕였다.

순간 불꽃같은 입술이 왕후의 얼굴을 덮쳤다.

"으응."

왕후는 신음 소리를 한 번 내더니 눈을 가느스름이 감아버렸다.

이제 무르익을 대로 익은 왕후의 육신은 이미 자신도 모르는 사이에 한 사나이의 모든 욕망을 받아들이고 있었다. 그것은 이미 자신의 생명을 한 번 더 태어나게 하는 놀라운 꿈 같았다.

파도였다. 왕후의 눈앞은 온통 소용돌이치는 거센 물결만이 보였다.

보우는 이미 왕후의 우윳빛 살결 위에 올라타고 있었다. 가쁜 숨 소리만 들렸다.

보우로서는 평생 처음 느껴보는 신비한 희열 속에 푹 잠겨 있었다. 온몸은 화마에 휩싸인 듯했다. 숨을 겨우 몰아쉬며 왕후가 소곤거렸다.

"여보, 스님."

"예, 마마."

"남들이 보지 않는 이런 데에서는 편하게 말을 놓았으면 해요."

"황공하옵게도 어찌 그런……"

"아이, 그러지 말래도."

"신하의 도리가 있은 즉……"

"벌써 왕후의 배를 가로 타고 있으면서……"

"그래도 그럴 수는 없습니다."

"아! 왕후의 몸에 올라탄 사람은 능히 왕이거늘."

"어찌 그런 무엄한 처분인지 아뢰오."

"호호호……"

"좌우간 왕후는 너무 아름다운 여인이오."

"아이, 별 말씀을."

"꼭 관세음보살이 세상에 있는 것 같습니다."

"정말……?"

"정말이고말고, 진심이오."

"아이……"

"이 백옥같은 살빛이며 봉긋한 젖가슴, 무엇 하나 나무랄 데가 없는 몸입니다."

"아이, 법사도."

"자꾸 그렇게 눈을 흘기시면 소승의 구곡간장이 모두 오그라드는 것만 같사옵니다."

"법사한테도 그런 마음이 있습니까?"

"중도 인간입니다. 왕후와 소승과는 구원겁으로부터의 인연의 소산입니다."

"아이. 그렇구말구요."

"마마."

보우는 다시 왕후를 휘어잡아 끌어안았다. 왕후는 실로 오랜만에 가슴이 벅차 올랐다.

"법사."

"마마, 땀이 이렇게……"

"법사의 손에도 땀이 배었습니다."

"용종(龍鐘)을 하나 잉태하시겠습니까?"

"아니오, 나는 단지……"

"알겠습니다."

보우는 왕후의 귓볼을 어루만지더니 자꾸만 입으로 빨아들였다.

왕후의 옷섶을 헤치는 보우의 손길이 점점 빨라졌다. 보우의 손이 왕후의 어디를 건드렸는지 왕후는 나지막한 신음 소리를 냈다.

"아……"

왕후는 이미 젖어 있었다. 보우는 서두르지 않았다. 왕후의 봉긋한 젖가슴 위에 볼록한 선홍빛 젖꼭지가 불빛에 젖어 있었다.

보우는 왕후와 몸을 포갰다. 두 사람의 몸은 한 덩어리가 되어 굴렀다.

보우는 엉덩이를 들썩이자 왕비의 몸 속에 있는 수심이 한순간에 빠져 나가는 것을 느꼈다.

"아흑……"

거센 폭풍우가 지나고 있었다. 왕비는 보우의 품 안에서 울고 있었다. 너무 뼈가 저리도록 즐거운 쾌락의 눈물이었다.

"법사."

"마마."

"내가 이젠 한시도 법사와 떨어져서 살 수 없을 것 같소. 함께 한양으로 갑시다."

"황공하오나 세상 이목이 번다 하니 저는 차차 상경하는 것이 좋을 것 같습니다."

"그렇다면 내가 이곳에서 떠나지 않겠소."

보우는 잠시 난처한 얼굴이 되었다. 이미 왕후와 두 번의 정사를 끝낸 보우는 아직도 눈빛이 형형하게 빛났다.

왕후는 행복에 젖은 얼굴로 보우의 얼굴을 쳐다보고 있었다. 보우가 조용히 입을 열었다.

"마마, 잠시 밖으로 나가서 빈도와 함께 거닐어 보실까요?"

"그것도 좋겠지요."

두 사람은 서로 뒤돌아서서 옷가지를 챙겨 입고 밖으로 나와 거닐었다.

왕후는 보우와 한시도 떨어지지 않으려는 듯이 보우의 팔을 꼭 잡고 있었다. 밤의 고요함과 산 속의 신비함 속에서 물소리만 은은하게 들렸다.

보우는 동쪽 하늘을 가리켰다.

"마마, 바로 저 별입니다."

"그게 무엇이오?"

"저기 크게 빛나는 별. 그게 바로 대왕성(大王星)입니다."

"대왕성이라."

"그게 바로 왕후 마마의 별이지요."

"그렇습니까?"

"바로 그곁에 마치 호위하듯이 반짝이는 별이 있지요?"

"그렇군요."

"그게 바로 소승의 별이올시다."

"호호호……"

"이제 대왕성이 자리를 옮길 것입니다."

"어디로 말입니까?"

"바로 소승의 별이 있는 곁으로 말이지요."

"글쎄."

"저것을 보십시오."

이상한 일이었다. 그 큰 별이 움직이더니 정말 보우의 별 곁으로 바짝 옮겨지고 있었다.

"어허 그것 참!"

왕후의 입에서 감탄의 소리가 저절로 흘러 나왔다.

"이제 운명적으로 마마와 저는 떨어질 수 없습니다."

"나도 그랬으면 정말 좋겠소."

"영원히 말입니다."

"내가 바라는 바요."

산 속의 대기가 차가운지 왕후는 몸을 떨었다. 그러자 보우는 얼른 왕후를 끌어안았다.

"법사."

"마마."

뜨거운 입술과 입술이 서로의 말을 막았다. 왕후의 대왕성은 보우의 별과 거의 겹쳐질 정도로 옮겨졌다.

그렇게 한 밤이 지났다. 한 번 열리기 시작한 육체의 문은 좀처럼 닫히기 힘들었다.

깊은 산 속의 이름없는 천한중이었던 보우는 이제 왕후의 가장 가까운 사람이 되었다. 하루를 묵으면 하루의 정이 더 드는 왕후였다.

왕후와 보우가 떨어질 줄 모르고 있은 지도 여러 날이 지났다. 그 동안 백담사 절간은 인마와 제구경으로 혼잡했다.

상궁들과 젊은 중들이 서로 왕후와 보우의 일로 매일 쑥덕이고 있었지만 보우는 문정 왕후와의 상경 절차를 차근차근 진행하고 있었다.

백담사 서벽당 안에서는 보우와 왕후의 애정 놀음이 계속되었다. 애무와 교태 그리고 희롱과 신음 소리가 흘러 나왔다.

"으흥……"

"아아……"

마치 세상이 끝날 듯한 회오리 바람이 부는가 하면 폭우가 몰아치기도 하였으며 이따금 우뢰와 번개가 치기도 하였다.

왕후가 보우에게 준 당서(唐書) 한 권은 순전히 그것만을 위한 기교서였기 때문이었다. 그것은 온몸을 물고 문지르고 하는 일흔두 가지나 되는 치밀하고 구체적인 기교들만을 모아논 책이었다.

또 한 차례의 태풍이 불고 나자 보우가 왕비의 젖무덤에서 머리를 들고 말했다.

"마마, 피곤하지요?"

"휴, 나보다 법사가 피곤한 것 같은데."

"소승은 아무렇지도 않습니다."

"법사는 황소야 황소."

"마마, 상경은 언제쯤 할 것이옵니까?"

"곧 하십시다."

"소승도 따라가야 합니까?"

"물론이지요, 당연히."

"황송하옵니다."

"호호호, 아이구 착해라!"

"소승이 아기인가요?"

"나에게는 이쁘고 고운 아기가 아니겠습니까."

"허허허."

"법사!"

"왜 그러십니까?"

"이번에 상경하면 모든 일이 잘 되겠습니까?"

"아, 꼭 잘 되게 되어 있습니다."

"어떻게……?"

"인종 임금은 목숨이 아주 짧습니다."

"얼마나?"

"앞으로 일 년을 넘기지 못할 것입니다."

"흐음."

"그리하여 왕후의 자제이신 경원군이 왕통을 잇게 될 것입니다."

"우리 아들이……?"

"두고 보십시오."

"그래서요?"

"마마께서 대권을 행사하게 됩니다."

"그건 왜요?"

"상감께서 아직 어린 나이니 마마가 수렴청정하실 테

니까요.”

“정말입니까?”

“소승의 말을 믿으십시오.”

두 사람은 말없이 서로를 쳐다보았다. 아직 두 사람의 몸은 땀에 젖어 있었다.

왕후는 며칠 더 설악산의 기운 속에서 지내다가 상경하였다.

얼마 있지 않아 인종은 승하하였고 보우의 말대로 대비 윤씨는 수렴청정을 하게 되었다. 왕후는 홍천사에 잠시 머물러 있는 보우를 불러들였다.

“경을 병조판서에 임명하노라.”

파격적인 대우가 아닐 수 없었다.

“빈도가 능히 감당할 수 없을까 하나이다.”

“내가 명하는 것이니 받아두시오.”

“비록 마마의 전지라 하옵시더라도 유신들의 반대가 있을 것입니다. 잠시 적임을 거두어 주십시오.”

“그렇게 할 수 없소. 나의 명령이오.”

“……”

“나의 명령을 거역한 사람은 이 천하에 단 한 사람도 없소!”

“황송하옵니다.”

“그냥 물러가 있으시오. 밤에 내 처소로 오시오.”

“알겠습니다.”

“으음.”

왕후는 만족한 듯 미소를 띄었다.

밤이었다. 왕후가 아니라 대비전 마마의 화려한 침실. 보우는 그 화려함에 부복하고 있었다.

"법사, 부복은 무슨 새삼스럽게……"

"아니옵니다."

"이리 가까이 오시오, 내 이쁜 아기."

"마마 천거할 사람이 있습니다."

"그게 무슨 대수로운 일이라고 자, 어서……"

"그래도 어찌 마마 전에서……"

"호호호, 법사도 참……"

"마마."

"그래, 어떤 사람을 천거하고 싶은지요?"

"소승은 어려서 편모 슬하에서 자랐습니다."

"그래서요."

"그 때 이웃에 개똥 아비라는 이가 있었지요."

"으흠, 개똥 아비라."

"그 개똥 아비는 저의 모친을 크게 도와주셨던 분입니다."

"그래, 개똥아비가 지금 살아있다는 말이오?"

"아닙니다. 그 아들에 서림(徐霖)이라는 사람이 있습니다."

"서림……?"

"장단 아전으로 있다가 어느 기생과 친하여 공금 수천 냥을 유용하고 하옥되었는데, 친구들이 돈을 모아서 갚아준 덕에 옥살이에서 풀려났다 합니다."

"그래서 지금 무얼하고 있소?"

"일전에 어느 친구의 주선으로 황주 목사의 책방감으로 따라 갔다고 합니다."

"그래요."

"높은 벼슬을 바라기야 하겠습니까마는……"

"그거야, 황해 감사에게 편지 한 장 쓰면 될 것 아니겠소?"

"황감하신 처분이십니다."

"이제 되었소?"

"그것보다 영부사에게 말씀드려 주었으면 합니다."

"오라버니께 말이오?"

"예."

"그거야말로 쉬운 일이지요."

"마마의 은덕 잊지 않겠습니다."

"무슨 소리. 법사야말로 나의 은인이오."

"별말씀을 다하십니다."

"자, 그런 이야길랑 접어두고 오늘 밤은 편히 쉬도록 합시다.

"아닙니다. 빈도는 이만 물러갈까 합니다."

"지금 무슨 소리를 하는 거요?"

"유신들에게 말이 돌까 두렵습니다."

"그깟 것들이 무슨 상관이오? 별소릴 다하는군."

"그렇지만."

왕후는 그날 밤도 보우와 함께 침전에 들었다. 보우는 이제 왕비 대전의 내연적인 남편인 셈이었다.

보우가 바라는 것들은 하나 둘씩 이루어지고 있었다.

이미 선교(禪敎) 양종의 승과를 부설한 것은 말할 것도 없었다.

문정 왕후는 보우를 앞세우고 수많은 불사를 하였다. 그러한 불사 행각은 대개의 경우 왕대비와 보우의 침실에서 얻어진 결과이기도 했다.

일개 강원도 산골의 중이었던 보우는 이제 모든 권력을 손에 잡은 왕대비의 비밀한 남편이었다. 게다가 병조 판서였으며 선교양종 판사까지 겸임하게 되었다.

이제 보우는 한없는 부귀영화를 누리게 되었고 불교를 부흥하는 일도 궤도에 올려놓게 되었다.

문정 왕후가 수렴청정을 하게 되자, 그의 오라비인 윤원형(尹元衡)의 세력은 하늘을 찌르고 있었다. 그야말로 나는 새도 떨어뜨릴 정도였다. 그렇듯이 윤원형의 세력과 권세는 온 세상을 덮고도 남음이 있었다.

처음엔 빼앗고 주기를 마음대로 했으나, 나중에는 죽이고 살리는 것까지도 자행하였다.

조정은 이미 왕의 조정이 아니라 윤원형의 조정이 되었던 것이다. 윤원형은 아무것도 무서울 것이 없었다. 거기에 윤원형의 동생인 대비 문정 왕후는 임금에게 누누이 이렇게 이야기했다.

"너같은 것이 임금이 된 것은 나와 내 오라버니 덕이니라."

"너 같은 것은 내가 아니면 어림도 없다."

문정 왕후는 왕에게 매질까지 하였으나 효성이 지극한 왕은 아무 불평도 하지 않았다.

그러한 왕이 성장하자 왕후는 할 수 없이 수렴청정을 철회하여 아들에게 정사를 맡겼다. 그러나 매일 언문전지라는 것을 임금에게 보내어 정사를 참견하였다.

왕의 나이 스물이 넘었으나 왕후는 자신이 시키는 대로 하지 않으면 날벼락을 치는 것이었다. 왕은 곰곰히 생각하였다.

"윤원형의 세력을 꺾어야만 정사가 바로 선다.'

생각한 끝에 왕은 왕비인 심씨 쪽으로 인물을 구하기 시작했다. 그 때 마침 왕비의 외숙인 이량(李樑)이 등제하니 왕은 이량으로 하여금 윤원형의 세력을 견제하려고 하였다.

그러자 이량에게는 많은 사람들이 따르게 되었으니 윤백원도 그중 한 사람이었다. 윤백원(尹百源)은 윤원형과 아접 조카 사이였지만 윤원형을 자기 아비를 죽인 원수로 보고 있었다.

또 김명윤(金明胤) 같은 사람은 간사하고 영악하여 이쪽 저쪽 눈치를 보면서도 이량에게 아첨하는 축이었다.

사람들은 김명윤이 이량을 아비같이 섬기는 것을 보고 못마땅하게 생각하였다.

"흥, 늙은 아들에 젊은 아비군."

그러나 더욱 김명윤을 못마땅하게 생각하는 것은 윤원형의 패거리들이었다.

그러던 중에 마침 황해 감사 자리가 생겼으므로 이량은 임금께 강력히 추천하여 김명윤이 그 자리에 나아가게 되었다.

이에 김명윤은 감사로 부임하기 전에 한양의 여러 명문 귀족들을 예방하고 떠나는 인사를 하였다.

김명윤이 먼저 찾아간 집안은 최고의 세력가인 윤영부 사댁이었다. 윤원형은 바둑을 두고 있다가 김명윤의 절을 받지도 않고 물었다.

"그래, 대감은 요새도 이량과 인척 관계요?"

"인척 관계라니요?"

"대감이 이량보고 아버지 한다면서요?"

"원 대감도 별말씀을 다하십니다요."

"대감이 이량의 자식이라고 세상이 다 그런답니다."

윤원형은 크게 거만스러운 얼굴로 바둑판을 밀어 놓으며 다시 다그쳤다.

"그래, 이량한테 아버지라고 하지 않았던가요?"

"실없는 말씀을 하시면 대감님의 덕이 깎이옵니다."

윤원형은 다시 얼굴에 얄궂은 표정을 지으며 말했다.

"어디 나한테도 할아버지라고 한 번 불러 보시구려."

"자꾸 그런 말씀 하지 마시지요, 이 늙은 것한테."

"그래, 그건 그렇다고 치고. 나도 이량에게 아비 소리 하는 사람에게 할애비 소리는 듣기 싫소."

"대감, 자꾸 그런 농담을 하시면 곤란하옵니다."

김명윤은 얼굴이 다 달아오를 지경이었다. 한참 후에 윤원형이 무슨 생각을 하였는지 목소리를 낮추어 말했다.

"아 참, 대감 언제 떠나시오?"

"일간 떠나려고 하옵니다."

"그러하오?"

"네, 무슨 말씀이라도 있으십니까?"

"부탁이 하나 있어서 그러오."

"무슨……?"

"황주 목사 관하에 서림이라는 사람이 있는데 하나 구처해 주구려."

"대감 분부신데 소인이 소홀하게 할 법이 있습니까?"

"분부가 아니오. 부탁을 드리는 겁니다."

"무슨 말씀을…… 그대로 하겠습니다."

윤원형의 집을 물러나온 뒤, 며칠 후 김명윤은 황해 감사로 부임해 갔다.

김명윤이 황해 감사로 부임한 후 한동안 정사를 돌보다가 하루는 윤원형의 부탁이 생각나서 황주 목사에게 전달하여 서림을 불렀다.

서림은 황주에서 아무 직책도 없이 건달로 소일하다가 황해 감사가 부른다는 소식을 들었다.

"이제야 계집질 좀 하겠구나!"

서림은 얼굴에 희색을 띠며 해주 감영으로 달려갔다.

김명윤이 서림이를 불러놓고 보니 언변뿐 아니라 무엇 하나 막히는 것이 없었다.

게다가 남의 비위를 잘 맞추어서 황해 감사 김명윤의 눈에 들게 되었다.

"그래, 웬 공금 횡령을 수천 냥씩 하였더냐?"

이미 서림의 공금 횡령을 다 알고 있는 감사가 그렇게 물었을 때, 서림은 외눈 하나 깜짝 하지 않고 그 좋은 언변을 휘둘렀다.

"소인의 아비가 늦게 중병이 들었습니다. 그래, 병은 위중하고 할 수 없어 공금 가운데 조금씩 뜯어 쓴 것이 그만 나중에 알고 보니 적잖이 많게 되었습니다. 그래서 우매한 소인이 아비 대신 죽기로 결심하고 좀더 많은 공금을 빼내었습니다. 그것도 꼭 녹용과 인삼이 필요한 병이 되어놔서 할 수 없이 그렇게 되었습니다. 그러나 아비의 병도 고치지 못하고 죄만 지게 되었으니 소인은 하늘 아래 용서받지 못할 죄인입니다요."

서림은 새빨간 거짓말로 감사를 속였으나 김명윤은 더욱 서림을 기특하게 여겼다.

"내가 장단 부사였다면 네 공금을 갚아주었을 것이다. 공금 횡령은 좋지 않으나 그 이면에는 그런 효심이 있었을 줄이야……"

서림의 잔꾀

그 일이 있은 며칠 뒤에 서림은 수지국 섭사(攝事)가 되었다. 김명윤은 서림이 똑똑할 뿐만 아니라 셈에 밝은 것을 이용하여 황해도 토산을 수집할 작정이었다.

김명윤은 날이 갈수록 서림을 신임하게 되었다. 서림은 모든 황해도 토산을 긁어들이되 조금도 감사의 체면을 다치지 않게 하였기 때문이었다.

김명윤은 불과 일 년도 되지 않아 서림을 섭사에서 급사로, 급사에서 다시 장사로 임명하였다.

감사 김명윤이 서림을 발탁하여 요긴히 쓰는 바람에 사람들은 감사에게 청탁할 일이 있으면 수지국 서 장사를 먼저 찾았다. 그러니 이렇게 서림에게는 별별 위인이 다 모여들게 마련이었다.

"서 장사, 기생집에 안 가시려우?"

"서 장사, 좋은 곳에 놀러 갑시다."

"서 장사, 나 사람 하나 좀 부탁합시다."

그만큼 서림이가 황해 감영에서 출세를 하였을 때, 한양에서는 이량이 황해 감사에게 비밀스런 전언을 보냈다.

'벼슬뿐만 아니라 상감의 은총을 받으려면 아무래도 뇌물을 써야 되겠으니 훌륭한 토산물이 있거든 황해도뿐만 아니라 평안도에 가서라도 구해다가 임금께 바치도록 애써야겠소.'

그런 내용이었다. 김명윤은 그렇지 않아도 생각을 두고 있었던 터에 이량의 서신을 받자마자 서림을 불렀다.

"소인 부르셨습니까요?"

"그렇네. 이리 가까이 오게."

"어디에 가서든지 좋은 토산물을 많이 구해야 하네."

"사또의 명이라면 지옥까지도 가서 구해 오겠습니다."

김명윤은 이량의 전서를 받은 후에 더욱더 서림에게 기대를 걸게 되었다. 경제에 관한 모든 일을 호방보다도 서림을 신임하게 된 것은 말할 것도 없는 일이었다.

서림은 김명윤의 뜻을 잘 받들어 매사에 빈틈없이 일을 처리하였다. 그리고는 자신의 위치가 완전하게 잡힌 이상 서림은 이제 슬슬 놀아봐도 괜찮겠지? 하고 기생놀이에 재미를 붙이게 되었다.

한 번 가고 두 번 가고 하는 동안에 서림은 이제 완전한 기생들의 포로가 되었다.

'남자가 한 번 세상에 났으면 멋지게 놀고 가는 게지.'

이런 생각을 하고 있을 때, 곁에서 꾀어들던 위인들은 서림의 기생놀음을 더욱 부채질하곤 했다.

"한평생 사는 것은 어차피 마찬가지, 오늘 술이나 한 잔 거나하게 합시다요."

"사또 수청 드는 옥란이는 가야금이 그만이랍니다. 소리는 또 어떻구요."

기생집에서 놀아나는 횟수가 늘어갈수록 서림은 점점 평이 나쁘게 되었다. 수지국 서 장사하면 이제는 건달패와 돌아다니면서 기생놀음이나 일삼는 위인이라고 사람들은 쑤군대었다.

더욱이 그 가운데서도 서림을 좋게 보지 않는 사람은 호방이었다. 박 호방은 원래 송도 사람이었다. 박 호방은 감사의 총애를 독차지하는 서림을 어떻게든 몰아내려고 안달이었다.

"감히 제 놈이 내 자리를 넘보다니. 어디 한 번 걸려만 봐라."

박 호방이 이렇게 서림을 벼르고 있는데 기회가 너무 쉽게 오고 말았다. 그것은 서림이 한양으로 올려보내려던 봉물을 훔쳐내기 시작한 것을 눈치챘다.

"아, 기생 오입이라는 게 첫째 돈이 있어야 하는 법."

"물론이지."

"서 장사, 우리 한잔 하러 갑시다."

"거 좋지!"

"내것은 서 장사가 부담하시오."

"좋지."

"오늘 저녁에 옥란이에게 갑시다."

"암, 옥란이가 제일이야."

건달패들은 서림을 홀리기가 일쑤였다. 서림은 멋도 모르고 감사의 수청 기생 옥란의 집에 수시로 드나들었다.

감영 안에서도 이제는 서림과 옥란이가 보통 사이가 아니라고 소문이 나기 시작했다. 서림을 늘 아니꼽게 여기던 호방 박가는 서림을 불렀다.

"소인 부르셨습니까?"

"그래, 잘 왔네."

"······?"

"자네가 사또의 수청 기생 옥란이와 그렇고 그런 사이라는데 정말인가?"

"별말씀을 다하십니다요."

"그래, 옥란이 집에 한 번도 간 적이 없다는 말인가?"

"그거야 옥란이가 가야금을 들려주겠다기에 몇 번 들른 적은 있습니다. 하지만 워낙 사또께서 예쁘게 여기시는 아이인지라 허튼 수작은 한 번도 한 적이 없습니다."

"그말이 정말이지?"

"소인이 거짓말을 할 까닭이 없습니다."

"어허, 데리고 지낸다는 말까지 있던데."

"천만의 만만의 말씀입니다."

"사실 무근이란 말인가?"

"그야 물론입죠."

"아무튼 다시 한번 그런 소문이 내 귀에 들리면 그 때는 각오해야 할 것이다."

"나리 분부대로 하겠습니다. 이젠 옥란이 집 근처도 얼씬 않겠습니다."

서림은 엄살을 부렸다. 아무리 캐봐도 실토할 것 같지 않은지 박 호방은 그냥 서림을 놔주었다.

서림은 옥란이를 남몰래 만나서 대충 있었던 이야기를 나눈 뒤 다시 옥란이 집에 가지 않기로 하였다. 그 대신 서림은 또다른 기생인 홍매의 집에서 숙식을 하였다.

사실 옥란이는 이 길고긴 겨울밤에 서림의 재담을 듣는 것을 좋아했었다. 그러나 홍매의 집으로 숙식을 옮긴 후로는 서림이 콧배기도 보이지를 않자 계집아이를 시켜 서림을 불렀다.

"그냥 돌아가거라. 나중에 간다고 일러라."

서림은 심부름 온 계집아이에게 이렇게 말만 하고는 옥란이에게 가지 않았다. 옥란은 야속하고 분해서 속에서 열불이 터질 지경이었다.

"날 발가벗겨 놓고 갖은 음행을 다하고 애정이 있는 체하더니…… 어디 두고 보자."

옥란은 서림을 벼르기 시작했다. 마침 깊은 겨울이라 신계와 곡산지방에서 수달피(水獺皮)와 초피(貂皮)가 수백 장 입수되고 있었다.

서림은 홍매에게 숙식을 제공받은 은공을 생각해서 홍매에게 초피 한 장과 수달피 두 장을 우려내어 주었다. 이것이 화근이었다. 홍매는 서림에게서 받은 가죽으로 덧저고리 안을 받쳐 입었다. 같은 기생인 옥란이 그것을 보고 몰랐을 리가 만무했다.

결국 기회가 왔다.

옥란은 그날 밤으로 감사 김명윤의 수청을 들었다. 그리고 잠자리에서 교태를 부리며 드디어 입을 열었다.

"사또께 여쭐 말씀이 있답니다."

"그래, 어서 말을 해보아라."

"다름이 아니라 서림이……"

자초지종을 다 들은 김명윤은 크게 화를 냈다.

"정말이냐? 이런 고얀 놈이 있나."

노발대발하던 김명윤은 그 자리에서 홍매를 잡아들여 초피와 수달피 덧저고리를 벗겨놓고는 서림을 잡아들었다.

"이놈! 네 죄를 네가 알렷다!"

감사의 호령 소리가 온 집안을 울렸다. 서림은 무슨 소리인지 몰라 어리둥절하다가 사태를 눈치채고는 의뭉을 떨었다.

"소인이 무슨 죄가 있습니까."

"이놈 막중한 진상 물품을 훔쳐내어 기생녀에게 빼돌려놓고도 모르겠느냐?"

김명윤의 호통 소리는 더욱 커졌다.

서림은 얼굴도 바꾸지 않은 채 변명할 궁리를 하면서 감사를 멀뚱히 쳐다보았다.

"그건 훔친 물건이 아닙니다."

"훔친 물건이 아니라고?"

"그렇습니다. 일전에 신계 곡산에서 초피와 수달피 수백 장이 왔을 때 하인이 따로 현감의 분부라고 하면서 초피 한 장과 수달피 두 장을 가지고 왔습니다. 그것을 께름칙하여 받지 않으려고 하니까 하인이 그냥 가지고 가면 현감께 꾸지람을 듣는다고 하기에 그냥 받아두기만 하였습니다. 그랬다가 홍매란 년에게 그냥 버리듯이 던져준 것이 전부입니다."

"훔친 것이 아니라 그냥 뇌물이라는 말이렷다."

"분명합니다."

"좋다. 철저히 조사해볼 것이다. 만약 한치의 거짓이 있을 경우엔 중벌이 있을 줄 알라."

"지당한 처분이십니다."

일은 대충 이렇게 마무리가 되었지만 감사가 서림을 대하는 태도는 분명히 전과 같지 않았다. 김명윤은 호방을 시켜 세모의 진상 물건을 총감독하게 하였다.

박 호방은 가뜩이나 미웠던 서림이었기에 일마다 미주알고주알 간섭만 하였다. 거기에 서림에 대한 감사의 신임이 없어진 것을 안 여러 사람들은 서림을 대하는 태도가 완전히 바뀌었다.

"제기랄, 사면초가군."

서림은 혼자 그렇게 중얼거리다가 문득 생각을 돌려먹었다.

"흠. 아무래도 이 지위가 오래 가지 못하겠구나."

총감독을 한답시고 서림에게 이것저것을 간섭하는 박 호방이었지만 일에는 무식하였다. 그래서 각처에서 수집

된 진상 물건이 서림의 주머니로 새어나가기 일쑤였다. 그러나 꼬리가 길면 잡힌다고 했던가.

김명윤은 도임 이후 거의 일 년 동안 황해도와 평안도에서 진귀하고 희한한 물건들을 많이 모아들였다. 세모가 가까워지자 김명윤은 한양 대감집과 이량에게 보낼 물건의 품목들을 꾸미고 있었다.

산삼, 사향, 안식향, 수달피, 초피, 청서피, 오옥, 백옥, 수포석, 담청옥, 마뇌 등등은 국산들이요, 중국 물건들만도 주단, 백공단, 홍공단, 운문다, 궁초 운문사, 공릉 등등. 문방 제구에는 단계의 벼루며 호주의 붓과 호주의 먹도 있었다. 그밖에 옥필통, 금향로, 서화 옥장, 옥저, 옥장도, 비취대접, 산호가지, 덩이주사 흑진주, 야광주 등은 희한한 보물이었다.

그것들을 가격으로 따지자면 아마 부자 백 명은 만들 정도였다. 그만큼 김명윤은 많은 포색을 하였었다.

하루 온종일 진상 품목을 발기하고 늦게야 홍매의 집으로 돌아온 서림은 다소 피곤하였다. 홍매는 곱게 화장하고 서림을 맞았다. 서림은 돌아오던 길에 이미 한두 잔 술을 마신 것이 제법 얼큰하였는지 오늘따라 홍매의 자태가 더욱 고와보였다.

"홍매야, 오늘 밤엔 더욱 곱구나."

"아이……"

"왜 그러느냐?"

"다 아시면서……"

홍매의 얼굴빛이 이상했다. 홍매는 색정이 솟기만 하

면 얼굴에 혈색이 없어지는 계집이었다.

"또 그 생각이 나는 모양이구만."

"아이, 나으리도."

"에라 모르겠다."

서림은 피곤함을 무릅쓰고 홍매의 옷을 벗긴 다음 힘
겹게 홍매의 아랫도리를 더듬었다. 밤이 점점 깊어가고
있었다.

이튿날도 서림은 하루 종일 진상 봉물을 싸고 있었다.
한나절이 좀 지나서 호방은 감영으로 점심을 먹으러 가
고, 같이 있던 통인 아이 둘 중 하나는 밖으로 나갔다.
서림은 하나 남은 아이마저 밖으로 심부름을 내보내고
얼른 진주 두 개와 백공단 한 필을 훔쳐내었다. 택호가
이량이라 쓴 상자 속에서 꺼낸 것이었다.

밤이 되자 서림은 홍매에게 진주와 백공단을 갖다주었
다. 서림이 좋아서 어쩔 줄 모르는 홍매에게 온갖 대우
를 받은 후 입을 맞추고 있을 때였다.

갑자기 벼락치는 소리가 나더니 포교와 포졸들이 홍매
의 집으로 들이닥쳤다.

"묶어라!"

형방이 호령하였다. 홍매와 함께 포승에 묶여 옥에 갇
힌 서림은 이튿날 감사의 문초를 받았다.

"네 이놈! 얼마나 많은 물건에 손을 대었느냐?"

"진주 두 개와 백공단 한 필입니다."

"또!"

"그것뿐입니다."

"일전의 초피와 수달피는 어쩌고? 저놈을 매우 쳐라."

서림이 이실직고하지 않으면 천상 매를 맞아 죽을 지경이 되자 그간의 도둑질한 내역을 낱낱이 아뢰었다. 어제의 출세가 오늘의 옥중 신세가 되고 말았다.

"서림을 곡산으로 귀양 보내도록 하여라. 곡산 수달피를 훔친 놈이니 수달피랑 살아봐야겠지."

매서운 바람이 살을 에는 선달 그믐께 네 명의 포졸이 호송하는 가운데 서림은 곡산으로 길을 떠났다. 큰칼을 쓰고 옥에 갇혀 끌려 가고 있으니 신세가 고단하기만 하였다.

서림은 자신의 기구함을 탄식하고 있었다.

"팔자도 더럽구나. 기껏 출세를 하는가 했더니 다시 이 지경이 되었구나. 이제 계집질은 끊어야겠다."

해주를 떠난 지 이틀만에 서림 일행은 금교역말에 당도했다. 발은 부르트고 몸은 지쳤지만 도망갈 생각을 은근히 하고 있는 서림이었다.

포교들은 별로 큰 관심없이 그냥 무표정한 얼굴로 서림을 호송하고 있었다.

사흘째 되던 날, 한낮에 탑고개 마을 앞을 지나는데 눈빛이 예사롭지 않은 사람들이 호송 일행을 뒤따르고 있었다.

일행이 탑고개 위에 다다랐을 때였다. 숲 속 여기저기에서 새 소리같은 휘파람 소리가 들렸다.

포교 한 사람이 중얼거렸다.

"이게 무슨 소리지?"

"글쎄?"

"아마 도적놈들이 아닌지 모르겠군."

"이상한데?"

그 때였다. 수건으로 머리를 동여맨 사내 너댓 명이 길 앞으로 뛰쳐 나오는 것이었다. 도적들이었다.

"짐을 벗어 놓아라!"

도적들은 사뭇 호령하였지만 포졸들은 도적들을 업신여기고 있는 듯했다. 보잘 것 없는 놈들로 보았는지 포졸 가운데 힘깨나 쓰는 김가가 꿈쩍 않고 대꾸했다.

"네 이놈들아, 눈깔이 있으면 제대로 보아라."

김가는 칼을 빼어들고 도적들을 꼬나보았다. 그러나 삽시간에 칼부딪는 소리가 나는 듯하더니 김가가 억 하고 고꾸라졌다. 갑자기 고요하던 영마루 위에 칼과 칼이 부딪는 소리가 정신없이 울리기 시작했다.

싸우는 소리에 깨었는지 가까운 숲 속에서 낮잠을 한숨 잘 자고 일어난 장대한 인물이 있었다. 그는 부시시 일어나서 사방을 두리번거리더니 혼자서 중얼거렸다.

"아함! 이게 어디서 나는 소리지?"

그가 가만히 들어보니 또다시 칼부딪는 소리와 기합소리가 더 크게 들려 왔다.

"야앗!"

"야앗!"

그 큰 사나이는 장창을 집어들고 고개를 향해 달려 나갔다.

"이크 싸움이 난 것이 분명하구나!"

한편, 영마루 위에선 양편이 모두 싸움에 지쳐 서로 눈치만 보고 있었다.

그 때 크고 우렁찬 소리가 고개 아래쪽으로부터 들려 왔다. 그 소리는 마치 천둥 벼락치는 소리 같았다.

포졸들의 눈이 한꺼번에 휘둥그래졌다. 아래쪽을 바라다보니 키가 칠척이요, 눈은 왕방울만한 사내가 장창을 꼬나잡았는데 그 기세가 어찌나 사나왔던지 입을 다물지 못할 지경이었다.

"야, 이놈들아! 칼놓고 짐 벗어 놓지 못하겠느냐!"

도적들은 사기가 백 배는 올랐고 포졸들은 눈치를 슬슬 보고 있었다. 그 험악한 사내가 다시 고함을 쳤다.

"야! 이 버러지 같은 놈들아. 이 창 끝에 찍혀 황천에 가려느냐?"

서림은 속으로 두려운 마음이 들었지만 한편으로는 포졸들로부터 벗어날 수 있다는 생각이 들자 반가운 마음도 들었다.

포졸 세 사람은 비록 칼을 놓지는 않았지만 이미 크게 겁을 먹고 있었다.

포졸들이 칼을 놓지 않자 사내가 다시 호통을 쳤다.

"이런 등신같은 놈들아. 청석골 최 장군을 몰라보느냐?"

사내는 소리를 지르는 것과 동시에 장창을 휘둘렀다. 그 창 쓰는 것이 어찌나 매섭고 빠르던지 눈깜빡할 사이에 포졸들은 칼을 놓치고 엉덩방아를 찧고 말았다.

처음의 도적들이 이 때를 놓치지 않고 달려가 포졸들

을 결박하였다.

포졸들 중 한 사람은 너무 겁이 났던지 바지에 오줌까지 지렸다.

"에구구구……"

"제발 살려 주시오."

사내는 한 번 씨익 웃더니 창끝으로 포졸들을 차례로 가리켰다.

"이놈들아, 누가 죽인다더냐? 너희들은 누구냐?"

"그놈들은 죄다 포교올시다."

큰 칼을 쓰고 있던 서림이 대신하여 대답하였다. 최 장군이라는 자가 이제야 알겠다는 듯이 고개를 끄덕였다.

"그래? 얘들아, 저자의 큰 칼을 벗겨 주어라."

최 장군이라는 자의 졸개 하나가 달려들어 서림이 쓰고 있던 칼을 벗겨주었다.

"그렇다면 너는 어떤 놈인데 이 포교놈들한테 욕을 보고 있었느냐?"

최 장군이 물어보자마자 기다렸다는 듯이 서림은 두 손을 싹싹 비비면서 대답했다.

"소인이 별 죄도 없었는데 황해 감사라는 놈이 곡산땅으로 저를 귀양보내지 뭡니까."

"그래? 감영에서는 무엇을 하였는데?"

"소인은 그저 감사의 토색하는 심부름을 하였습니다만, 대충 감영 안의 대소사는 알고 있습니다."

"너는 우리를 따라오너라. 그리고……"

최 장군은 잠시 생각하더니 고개를 끄덕였다. 그러다가는 갑자기 포졸들을 둘러보더니 졸개들에게 호령했다.

"저것들을 어서 집어치워라!"

그 소리가 포졸들에게는 마치 염라대왕의 호령 소리처럼 들렸다. 포졸들은 벌벌 떨면서도 한마디씩 반발했다.

"소인들은 이미 항복을 하였는데 항복을 한 사람을 해치는 법이 어디 있습니까."

"사내가 싸우던 적수를 사귀면 친구랬다고 한 번 항복한 사람을 거둘 수 있는 아량도 없으면서 어찌 장군이라고 스스로 말하오?"

"죽을 때 죽더라도 죽는 이유나 알고 죽읍시다."

최 장군은 가소롭다는 듯이 눈을 흘겼다.

"너희들 말이 모두 이치에 맞는다마는 나에게 있어서는 다른 사정이 있어. 그래서 너희는 죽어야겠다."

"도, 도대체 다른 사정이란게 뭡니까?"

"알고 싶으냐?"

"그렇습니다."

"좋아, 어차피 죽을 목숨이니 말해주마. 내 모든 처족과 또 내가 아끼는 부하들의 권속들이 너희들 포도군관들 손에 몰살당하였다. 그러니 나를 원망할 것은 없다. 알겠지?"

"그렇다고 아무 상관 없는 우리를 해치는 법이 어디 있습니까?"

"이놈들이 그만큼 말했으면 갈 곳으로 갈 것이지."

최 장군은 대꾸할 필요도 없다는 듯이 부하들에게 명

령했다.

"어서 이것들을 집어치워라."

"자, 모두 일어서라. 가자!"

졸개들은 포졸들을 어둑한 숲 속으로 끌고 들어갔다. 포졸들은 끌려 가지 않으려고 갖은 애를 다 써보았지만 별수 없었다.

숲 속에서 포졸들 가운데 발악하는 소리가 들려오기도 했다.

얼마 후에 악 하는 소리조차 들려오지 않는 것을 보면 그들은 이미 도적들 손에 죽은 것이 분명했다.

겨우 목숨은 건졌지만 서림은 허기가 져서 못견딜 것 같았다. 오면서부터 포졸들에게 푸대접을 받은데다가 아침부터 아무것도 먹지 못했으니 당연한 일이었다.

허기도 못견디는 일이었지만 목숨을 부지하게 된 것이 도적들에 의한 것이었다는 생각을 하니 불안하기도 하였다.

더욱이 최 장군이라는 자의 무술이 걸출한데다가 포졸들을 다 죽여버리는 성질이라든가 자신을 살려 놓고 무슨 이용가치를 따지는 것 등, 서림은 허기에 목까지 말랐다.

좌우간 서림은 어쩔 수 없었다. 서림은 두려움을 무릅쓰고 최 장군이란 자에게 애원했다.

"소인이 배가 너무 고파서 그러니 먹을 것 좀 주시우."

서림의 얼굴을 물끄러미 보더니 최 장군은 졸개들에게 점잖게 일렀다.

"애들아 저 사람이 배가 고프다니 밥을 나누어 주어라."

그 음성이 우렁찬 것을 보니 과연 장군감이었다.

서림이 찬밥 한 덩이를 게눈 감추듯이 퍼먹은 다음 곰곰히 생각하니 자신의 팔자와 운명이 기구하고 처참하였다.

하여간 이제는 죽을 마당에서 살아나기는 하였으니 다행이라면 다행이었지만 그것이 도적의 손아귀였다.

'결국 도적놈이 되어야 하겠구나.'

그런 생각이 당연하게 들었다. 그리고 이왕 도적놈이 될 바에야 도적의 두목이 되거나 아니면 부두목 정도는 되어야겠다고 생각했다. 또 도적질을 하려면 큰 도적질을 해야겠다는 생각을 하게 되었다.

밥 한 그릇을 아주 달게 먹은 서림은 생각을 그쯤 정하고 씨익 웃었다.

"장군 덕분에 기갈을 면했습니다. 소인을 입당시키면 소인의 뒤에 부자 백 명은 될 큰 재물이 기다리고 있습니다."

서림의 느닷없는 이야기에 최 장군은 은근히 놀랐지만 내색하지 않고 대꾸했다.

"그래, 그 재물이 어디 있느냐?"

"하여간 소인을 입당시키겠습니까?"

"어허, 이놈아. 입당이고 작당이고간에 재물이 어디 있다는 거냐?"

"소인을 입당시키지 않으시면 재물도 없소이다."

"하, 이런 놈을 보았나."

최 장군은 기가 차서 혀를 끌끌 차는 것이었다.

"그놈의 눈을 없애라!"

최 장군의 굵직한 음성이 떨어지자 서림은 자기의 눈알을 빼버리는 줄 알고 사시나무 떨 듯이 부들부들 몸을 떨었다. 곧 졸개들이 달려들더니 흰 수건으로 서림의 눈을 가렸다.

"이런 꼬락서니로 무슨 큰 재물이 있겠느냐."

최 장군은 덜덜덜 떠는 서림을 보고 꾸짖었다. 서림은 겁이 덜컥 나서 말도 제대로 하지 못하고 웅얼거리며 겨우 얼버무렸다.

"소, 소인이 꾀는 많습니다. 그러니. 저…… 아니 그렇지만 워낙 겁이 많은 위인인지라."

도적들은 서림이 탑고개에서부터 재물이 많다느니 부자 백 명이라느니 떠드는 바람에 그냥 놔 보내주려다가 잡아두었던 것이었다. 아무래도 여러 두령들과 상의할 문제라고 생각하여 청석골까지 서림을 데리고 가기로 한 것이다.

서림은 컴컴한 산골로 들어갈수록 더욱 겁이 났다. 가면 갈수록 웬 산이 이리 깊고 험한지 서림은 무서워서 오줌을 찔끔 지릴 지경이 되었다.

얼마를 더 들어갔는지 산길은 더욱 험해졌다. 서림의 발걸음은 갈피를 잡지 못해 자꾸 헛디디기만 했다. 눈을 가린 채 끌려 가던 서림이 하도 갑갑하여 물었다.

"아직도 멀었습니까?"

"이놈아 아가릴 닥치고 있거라."

졸개 한 놈이 그렇게 대꾸하자 최 장군이라는 자가 말렸다.

"너무 함부로 다루지 말아라. 낫살 깨나 먹지 않았느냐."

"낫살……?"

서림은 중얼거렸다. 생각해보니 자신의 나이는 벌써 오십에 가까웠다.

"인생 오십에 이 지경이라니……"

이제 서림은 도적이 되든가 여기서 죽든가 하는 수밖에 없었다. 문득 장단에 살고 있는 처자 생각에 한편 착잡하기도 했지만 예측하지 못할 앞날에 대한 걱정이 앞섰다.

"휘익!"

서림이 이런저런 걱정으로 눈앞이 캄캄할 때 저쪽에서 이상한 소리가 들렸다. 드디어 도적놈들 소굴이 가까운 모양이라고 서림은 어렴풋이 생각했다.

"최 두령께 보고합니다."

문득 큰 소리가 들렸다. 서림은 그 소리를 자세히 들으려고 귀를 모았다.

"이곳은 이상이 없습니다."

분명히 잘 훈련된 군대식 조직이 분명했다. 아마 이 부근을 순찰하고 있는 졸개의 목소리인 듯싶었다.

두령인 최 장군이라는 자에게 보고하는 모양이었다. 서림의 머릿속에 순간적으로 한 생각이 스쳐갔다.

'놈들이 보통 도적놈들이 아니구나. 하여간 배포가 큰 놈들임에 틀림없다. 그렇다면 아예 이 도적놈들과 운명을 같이 해보는 것도…… 아냐, 이 도적놈들의 운명이 오래갈까? 또 나를 받아주기는 할까? 받아주지 않는다면……?'

이상한 일이었다. 서림은 점차 마음이 가라앉기 시작했다. 이 도적들이 묘한 매력으로 다가왔다. 온갖 생각들이 서림의 머릿속을 빠르게 스치고 있었다. 흰 수건으로 싸매 눈앞이 더욱 캄캄해지는 것으로 보아 해가 지는 모양이었다.

그 때 처음 듣는 목소리가 몇 발자국 앞에서 들려 왔다.

"어, 이제들 오는구만. 근데, 이건 또 뭐야?"

"오늘은 횡재를 하고 돌아온다네."

최 장군이 의기양양하게 대답하자 여기저기서 술렁이는 소리가 시끄럽게 들려 왔다. 서림은 그제서야 후유 한숨을 내쉬었다. 아마 도적들의 산채 안에 들어선 것 같았다.

"횡재라니?"

"그렇구말구."

"무얼 얻었길래? 아니, 저놈이 횡재라는 말이야?"

"횡재지!"

"그깟짓게 뭐가 횡재야? 확 집어 던지고 오지, 왜 여길 데리고 왔어."

반말지꺼리하는 소리가 들렸을 때 서림의 간은 콩알만

해지는 것 같았다.

"집어치워라."

"없애 버려!"

집어치운다는 말이 여기에서는 죽여버리라는 말이라는 것을 서림은 새삼스럽게 느꼈다. 웅성웅성하는 소리를 들어보니 제법 많은 사람들이 둘러싸고 있는 것 같았다. 과연 큰 도적들의 소굴임이 분명하였다.

서림은 어느새 무서움도 잊고 이 도적들의 규모에 감탄하고 있었다.

그 때 서림의 등을 누군가 사정없이 밀어제꼈다. 무슨 마루가 있는 헛간과 같았다.

"꿇어앉아!"

졸개 하나가 서림에게 명령조로 쏘아 붙였다. 서림이 꿇어앉자 누군가 눈에 싸맨 헝겊을 풀어 주었다. 환하지는 않았지만 둘러보니 사람이 여럿이었다.

눈을 부비고 자세히 보니 수염들이 덥수룩하고 세수도 제대로 못한 사람들처럼 보였다.

사람들은 저희들끼리 뭐라고 쑤군대더니 밖으로 나갔다. 서림은 다급한 목소리로 물었다.

"날 여기에 가두는 거요?"

그러자 서림의 눈가리개를 풀어준 듯한 사람이 뒤도 돌아보지 않고 말했다.

"오래 가지는 않을 것이니 그렇게 아시게."

사람들이 밖으로 나간지도 오래 되었건만 서림은 잠이 오지 않았다. 우선 웬 무는 벌레들이 이렇게 많은지 마루판 구석마다 벌레들이 숨어있다가 달려드는 것이었다.

사방으로 두리번거리며 벌레를 잡으려고 애썼지만 소용이 없었다. 벌레도 벌레였지만 이 마루방에 혼자 내쳐진 서림은 불안해서 잠이 오지 않았다.

"나를 죽인단 말인가, 살린단 말인가."

잠이 올 리가 없었다.

"아니면 나를 이용하겠다는 말일까?"

오래 가지는 않을 것이라는 사내의 말이 점점 불안하게 생각되었다.

"에라, 제기랄 것!"

서림이 이리 궁리 저리 궁리 하는 때에 옆방에서 쑤군거리는 소리가 들렸다. 자기와 똑같은 신세의 다른 패들이 있는 모양이었다. 그들의 말을 들어보니 서림은 등골이 더 으스스해졌다.

"어제 또 죽였지?"

"두 사람이나 죽인 것 같아."

"아이구!"

"아참! 돌팔이는 어찌 되었나?"

"돌팔이?"

"그래."

"그놈 땜에 우리는 다 죽을지도 몰라."

"왜?"

"그놈이 다 일러바쳤단 말이야."

"아이쿠."

"이젠 살아날 방도가 없군."

"없어."

그들은 무슨 영문인지 죽을까 봐 덜덜 떨고 있는 모양이었다.

그 때 나지막하지만 위압적인 소리가 밖에서 들려 왔다.

"삼쇠! 나오너라."

어둠 속에서 들리는 그 소리를 듣더니 누군가 으으으 하고 떨면서 밖으로 나가는 소리가 들렸다. 그 사람이 삼쇠인 듯했다.

서림은 겁이 나서 눈을 질끈 감고 말았다. 내일 아침 해는 뜨지 않을 것 같았다. 겁이 워낙 많은 서림이었다.

청석골에 아침이 밝아왔다. 취의정 당상에 여러 두령들이 쭈욱 늘어서 앉았는데 맨가운데 늙은 예가 앉아 있고, 그 왼쪽에 방중달이, 그 다음에 탁기성이, 그 다음에 돌쇠, 곽서의 차례였다.

예가의 오른쪽으로는 최오돌, 양천석, 양백석, 양혜련이 쭈욱 둘러앉아 있었다. 나이 순을 보자면, 한 가운데 앉아 있는 예가가 가장 나이가 많았고 그 다음이 방중달, 최오돌 순이었다.

양혜련은 처음에 두목으로 있었는데 한 번 도적질에서 크게 공을 세운 후로 단번에 두령 자리로 승진하였다. 양천석의 아내라는 것도 작용했겠지만 무엇보다 칼쓰는 것이 그중에 제일이기 때문이었다.

그렇게 해서 청석골의 두령은 모두 아홉이었다. 그리고 그 아홉이 모두 무예가 출중하였기에 웬만한 관군쯤은 이들의 적수가 아니었다.

좌중을 둘러보던 늙은 예 두목이 먼저 입을 열었다.

"그래, 최 두령. 그 자가 무슨 재물을 갖고 있다고 합디까?"

"무슨 재물인지는 모르겠으나 하여간에 자기 뒤에 큰 재물이 있다고 큰 소리를 치기에 잡아 왔지요."

"그놈이 목숨을 부지하려고 꾸민 계략이 아닐까요?"

"그런 것 같지는 않습니다. 그 위인이 까불거리기는 하지만 속임수는 없는 듯합니다."

"그렇다면 일단 그자를 한 번 불러보는 게 어떻소?"

"하긴 뭐 물어봐서 손해날 것은 없으니까."

"글쎄……"

아홉 두령들의 의견이 분분하던 중에 양천석이가 한마디 거들었다.

"그런데 그놈 어제 붙잡아 놓은 걸 보니 벌써 모양이 흉칙합디다."

그말에 곽서가 한마디 받았다.

"꼭 여우처럼 생겼습디다."

서림에 대하여 두령들이 이러쿵저러쿵하고 있는데 늙은 예가가 그만 하라는 듯이 한마디를 던졌다.

"좌우간에 그놈을 일단 불러보는 게 좋을 것 같소!"

기다렸다는 듯이 서림을 잡아들인 최오돌이 졸개에게 명령했다.

"어제 잡아온 손님을 불러들여라!"

불려 나온 서림의 꼴은 영락없는 거지였다. 흩어진 누

더기에 맨상투 바람인데다가 어제는 한잠도 자지 못했는지 두 눈알이 퀭하였다.

서림은 불려 나오면서 취의정 안을 둘러보았다. 주위가 잘 정돈되었고 군기가 이토록 지엄한데는 놀라지 않을 수 없었다.

서림은 속으로 감탄하고 있었다.

"취의정이라는 글씨 모양새를 보니 제법 글하는 선비까지 도적 소굴에 들어와 있군. 예사로운 도적들이 아닌 것은 분명하다."

서림은 아홉 명의 두령들을 조심스럽게 쳐다보면서 제법 또렷한 목소리로 인사를 올렸다.

"소인 서림이 문안드립니다."

여러 두령들이 지금 서림의 행동거지 하나하나를 주시하고 있었다. 그러한 중에 터져 나온 서림의 외침은 여러 두령들로 하여금 각각 이상하게 들려 왔다.

우선 곽서에게는 천상 고약한 여우 같은 인상이었지만 예가에게는 꽤 붙임성이 있는 놈이라는 인상이었다.

또 최오돌과 방중달은 서림이 그래도 쓸 만한 사람이라고 생각하고 있었다. 그리고 양천석과 기돌쇠 등은 아무래도 고라니 같은 놈처럼 보였으며 여도적 혜련은 저런 좀스러운 놈 하는 표정이었다.

잠시 뜸을 둔 다음 예가가 역시 먼저 죄인을 취조하듯 입을 열었다.

"서림이라 했겠다?"

"예, 서림(徐霖)이라 하옵니다."

서림은 최대한 공손히 아뢰었다.

"서림(鼠林)이라, 쥐숲이라면 꽤나 간사하겠군."

탁기성이 그렇게 이름을 해석하자 곽서가 맞장구를 쳤다.

"형님 말이 듣던 중 상쾌하구려."

좌중은 와아 하고 웃음판이 되었다. 그 때 최오돌이 서림에게 물었다.

"무슨 서에 무슨 임 자요?"

"예, 천천할 서 자에 장마 림 자입니다."

서림이 자기 성명을 정식으로 아뢴 후엔 또 공손히 말을 이었다.

"미천하여 아무것도 모르지만 여러분께 도움이 된다면 다행이라고 생각합니다. 소인이 본시 아전 출신으로 배운 것은 없으나 꾀를 내는 데는 재주가 있다고 생각하고 있습니다. 여러분을 돕게 된다면 천하에 영광으로 알겠습니다."

서림이 깎듯하게 인사말을 하니 예가의 얼굴에 기쁜 빛이 돌았다.

"그래, 뒤에 재물이 있다 하니 무슨 말이오?"

예가가 이제 서림에게 말을 공손하게 건네자 서림은 일부러 사방을 둘러보며 조심스러운 시늉을 했다.

"말이 새어나갈 염려가 없겠습니까?"

"여기는 모두 두령들이니 믿고 얘기하시오."

서림은 다시 한번 주위를 둘러보더니 안심이라는 듯 입을 열었다.

"그렇다면…… 진실로 큰 재물이 있소이다. 그저 손만 날쎄게 쓴다면 그 재물이 불과 한 달 이내에 이곳까지 굴러들어올 것입니다."

서림이 자신에 찬 얼굴로 말을 마치자마자 곽서가 답답하다는 듯이 되물었다.

"어허, 대체 그 재물이 어디 있다는 말이오?"

"그건 황해 감영 안에 있소!"

턱을 치켜들고 서림이 대답하자 듣고 있던 좌중은 그만 배를 움켜쥐고 웃었다. 서림은 영문을 몰라 얼굴이 화끈하였다.

곽서가 웃음을 멈추더니 한심하다는 듯이 말했다.

"아, 재물이야 한양 부자집 창고 안에도 그득하오."

곽서의 비아냥 소리에 좌중은 다시 한번 웃어 제꼈다.

"와하하하."

그러나 서림을 잡아들인 최오돌만은 서림처럼 난감한 표정이었다. 최 두령만 웃지 않고 있다가 다른 사람들의 웃음 소리가 끝날 즈음에 서림을 꾸짖듯이 힐난하였다.

"황해 감영에 있는 재물을 어찌 황당스럽게 자기 것인 양 말을 한단 말이오?"

"……"

서림은 잠시 무엇을 생각하는 척하다가 몸을 고쳐 잡으며 다짐하듯 말했다.

"소인도 할 말이 있습니다. 소인이 구차하게 목숨을 부지하려고 거짓말을 하는 게 아닙니다. 분명히 재물은 이 자리로 들어올 수 있습니다."

"어떻게?"

좌중이 서림의 말을 의심하자 서림은 예가를 쳐다보며 조심스럽게 말했다.

"소인이 따로 의논하고 싶은데……"

예가는 그의 말을 알아들었다는 듯 서림과 함께 최 두령을 데리고 은밀한 방으로 들어갔다.

방안에 세 사람이 좌정하고 앉았다. 그러자 서림은 예가에게 말을 꺼냈다.

"급한 일입니다."

"무슨 일인데 그리 급한가?"

"지금 황해 감사 김명윤이 한양에 있는 이량, 윤원형 그리고 그밖의 세도가들에게 뇌물을 쓰려고 하는데 그 봉물이 여간한 것들이 아닙니다."

"그게 정말이오? 물건은 어떤 것들이며 또 그걸 어찌 아오?"

최 두령이 서림에게 바짝 다가앉으며 다급하게 물었다. 서림은 일부러 천천히 비밀스럽게 대답했다.

"소인이 황해 감사 김명윤의 사자 어금니 노릇을 일 년 가까이 하면서 황해도와 평안도에서 거두어들인 물건들이올시다."

"헌데 왜 김명윤에게 미움을 샀소?"

예가가 물었다.

"계집질을 좀 했다고 그놈이 나를 이렇게 쫓아내는군요."

서림의 말을 듣더니 예가는 다시 서림의 얼굴을 자세

히 살펴보았다.

"과연 색을 밝히게 생겼군."

예가가 혀를 끌끌 차며 웃자 서림도 웃었다.

"호호…… 다소 좋아할 뿐입지요."

"우하하하!"

서림을 쳐다보던 최 두령이 옆에서 크게 웃더니 서림에게 물었다.

"그래, 그 물건들을 어떻게 우리 것으로 만들겠다는 것이오?"

"이제부터라도 사람을 풀어 황해 감영의 봉물짐이 언제 해주를 떠나는지 알아둔 다음 중도에서 빼앗아 와야지요."

"허, 이 사람. 나보다 배포가 더 큰 도적일세그려."

예가가 서림을 칭찬하자 서림은 씨익 웃으면서 일이 급하다는 것을 강조했다.

"수일 내에 봉물짐이 한양으로 올라갈 것입니다."

봉물털기

그 다음 날부터 서림은 우선 예가의 집에 머무르며 진상 봉물을 빼앗을 계획을 세우기 시작하였다.

하루 이틀 지나는 동안 서림과 두령들은 여러 번 모여 모의를 거듭하였다. 그러는 중에 서림의 꾀에 반해 버린 예가가 두령들을 모아 놓고 말했다.

"일을 하는 데는 두목이나 싸움하는 졸개들도 필요하지만 또 꾀를 내는 모사도 있어야 하는 법이니 반드시 서림이는 우리들에게 필요한 위인이라고 생각되오."

모두들 찬성하여 서림의 입당을 받아들였지만 곽서만은 달랐다.

"그 교활한 놈이 벌써 큰형님과 여러 두령을 삶아 놓다니. 그놈의 꾀가 이제 우리를 잡아먹을지 또 어떻게 아오?"

나는 모르겠다는 듯이 곽서는 밖으로 나가버렸다. 다른 두령들은 곽서가 융통성이 없다며 탄식하였다. 그렇게 하여 서림과의 진상 봉물 약탈 모의는 나날이 무르익어 갔다.

날씨는 더욱 추워졌다. 바람이 심하게 불더니 흰 눈이 내렸다. 세상은 모두 하얗게 변해 있었다. 그 눈을 헤치고 하루에 한 명씩 청석골에서는 해주 감영 쪽으로 사람을 보냈다.

열흘 동안 열 사람. 마지막 사람이 떠나던 날, 취의정 옆에 있는 희영루에는 서림과 두령들이 모였다.

"해주서 송도 사이가 좋을 듯하오."

"송도서 임진 사이가 어떻겠소?"

"무슨 소리. 털려면 탑고개가 제일이오."

"그럼. 탑고개가 제일 낫지."

두령들이 한마디씩 자기 생각을 이야기했다.

"봉물을 털려면 탑고개 말고 어딨나?"

곽서가 계면쩍다는 듯이 탑고개에서 터는 쪽을 찬성하였다.

"곽서도 찬성일세그려."

서림의 일로 못마땅해하던 곽서가 봉물을 터는 일에 나서자 여러 두령들은 와하하 하고 웃었다.

곽서는 괜히 멋쩍어했다. 좌중의 웃음이 끝나기도 전에 서림이 말했다.

"탑고개는 불리합니다."

"왜?"

"언덕이 행인이나 보따리 장사치를 털기는 좋습니다만 많은 사람들을 당해내기엔 힘들 것입니다."

"그건 또 무슨 말이오?"

곽서가 인상을 찡그리며 언성을 높였다. 여러 두령들은 서림이가 왜 탑고개가 불리하다고 하는지 몰라 술렁댔다.

서림은 두령들을 둘러보더니 손가락 하나를 치켜 들었다.

"첫째, 관군이 청석골을 엄습할 핑계를 주게 됩니다."

"그건 또 왜요?"

"그거야 뻔한 일이지요."

"글쎄, 나는 잘 모르겠는걸."

"탑고개에서 봉물을 털면 청석골 도적들이 한 것을 뻔히 알게 될 터인데도 말입니까?"

"……"

모두들 서림의 귀신같은 소리에 말을 못하고 있었다. 그 때 탁기성이 한마디 거들었다.

"서 장사 말이 지당합니다."

"암, 옳고말고."

그제서야 여러 두령들이 입을 모아 말했다. 서림은 잠시 뜸을 두었다가 말을 이었다.

"자취를 없애기 위해서는 청석골에서 수백 리 떨어진 곳이 그만이지요."

"그럼 어디가 좋겠소?"

"소인의 생각으로는 송도 지나서 혜음령 아래가 제일인 것 같습니다만."

"혜음령이라."

서림의 옆에 있던 최 두령이 뇌까리더니 빙긋 웃으며 말했다.

"혜음령이라면 내가 지휘해야지."

"그럼, 그럼. 혜음령 도적이었다가 청석골로 이사온 게 최 두령이니까."

"우하하하."

"하하하……"

여러 두령들은 비로소 일제히 웃고 떠들고 하였다. 이제는 곽서까지도 해주의 진상 봉물은 청석골의 것이라는 것을 믿고 있었다.

"그러면 혜음령 아래 주막에서 해치워버립시다."

"그게 좋겠소."

청석골 전체가 떠들썩하게 보였다. 모두들 신이 나서 떠들어댔다. 청석골이 생긴 이후 이렇게 웃음 소리가 퍼진적은 아마 없었던 것 같았다. 두령과 졸개 할 것 없이 모두 신이 나서 떠들어댔다.

한편 해주의 황해 감영 안은 설날 대목이 다가오자 소란스럽기 이를 데 없었다. 황해 감사 김명윤이 드디어 진상 봉물을 한양으로 보낼 준비를 서두르고 있었기 때문이었다.

박 호방은 요새 한참 바쁘게 드나들고 있었다. 김명윤은 이번 설을 기회삼아 한양의 권문세가들에게 자신의 입지를 다져놓으려고 벼르고 있었다. 귀한 토산품들을 실어 놓으니 서른다섯 짐이나 되었다. 이것을 한양의 권세있는 사람들에게 보내려고 택호를 일일히 써서 붙여 봉해 놓았다.

거기에 왕과 왕후며 특히 이량의 것은 더욱 귀한 보물로 골라서 묶어 놓았다.

"봉물짐을 다 꾸려 놓았습니다."

박 호방이 김명윤에게 고하였다.

"수고하였네."

"진상과 세찬을 함께 보내시렵니까?"

"그럼 따로 보내야 할 것이 있는가?"

"너무 짐이 굉장하여 그렇습니다."

"굉장한 것이 어때서?"

"남의 이목이 있는지라……"

"남의 이목이라니? 그것이 뭐가 걱정인가?"

김명윤은 노기를 띤 음성으로 박 호방을 힐난했다.

"남들이 보면 봤지, 뭐가 어떻다는 건가?"

김명윤은 자기의 세도와 대범함을 과시해보려는 빛이 역력했다.

"쓸데없는 얘기는 그만둬. 그래, 봉물짐을 호위할 만한 위인을 물색해 봤느냐?"

"예, 한 사람이 있기는 한데 술이 좀 과해서요."

"술이 과한 사람을 보낼 수는 없지 않느냐?"

"하오나 기운이 천하장사입니다."

"그게 누구냐?"

"연전에 전라도 싸움에 나가서 반군 백여 명을 한칼에 무찌른 마중손(馬仲孫)이라는 자입니다."

"마중손이라. 지금 어디있느냐?"

"병방 비장청에서 비장의 부관노릇을 하고 있습니다."

"그리고 다른 사람은?"

"편달쇠라는 자인데 박치기를 잘 하는 사람으로 색을 좀 밝히는 게 흠입니다."

"박치기?"

"예, 대가리로 무엇이든지 받아 넘기는 자입니다."

"얼마나 잘 받지?"

"아마 황소도 당하지 못할 겁니다."

" 흠. 마중손, 편달쇠."

"예."

"두 사람을 불러 오너라!"

박 호방이 나간지 얼마 되지 않아 마중손과 편달쇠가 감사 앞에 대령하였다. 마중손은 키가 칠 척이나 되고 눈이 퉁방울처럼 부리부리했다. 그리고 손바닥이 마치 솥뚜껑만했다.

편달쇠는 키는 그다지 크지 않았지만 가슴이 딱 벌어지고 야무져 보였다. 또한 박치기의 명수답게 이마에 흉터가 많아 험상궂게 보였다.

김명윤이 마중손에게 먼저 물었다.

"전라도 싸움에 나갔었다지?"

"예. 하오나 별로 공을 세운 것은 없습니다."

"그래 몇이나 죽였나?"

"한 백여 명 정도 됩니다만."

"어떻게?"

"소인이 칼을 좀 쓸 줄 압니다."

"검술이라. 그래 지금 나에게 보여줄 수 있느냐?"

"예."

"좋다. 포졸 열 명만 불러오너라."

박 호방이 밖으로 나가 포졸들을 불러 왔다. 열 명의 포졸들은 모두 나무칼을 들고 들어왔다.

김명윤은 마중손의 검술을 시험해보고 싶었다.

"어디 너희들 마음대로 저 자를 공격해 보아라!

김명윤이 명령하자 열 명의 포졸들이 마중손을 공격하였다. 마중손은 손에 작은 나무토막 하나만을 들고 있었다. 포졸들이 한꺼번에 마중손에게 달려들었다. 열 개의 나무칼이 한곳으로 휘몰아쳤다.

"에잇!"

마중손이 위로 뛰쳐 오르면서 한 바퀴 몸을 돌리자 어느새 열 명의 포졸들이 나뒹굴었다.

눈 깜짝할 사이에 일어난 일이었다.

"아이쿠!"

"으악!"

나뒹구는 포졸들은 모두 아픈 곳을 문지르며 혼이 빠져 있었다. 손목을 잡고 데굴데굴 구르는 놈이 있는가 하면 머리통을 잡고 팔짝팔짝 뛰는 놈, 허벅다리를 잡고 우는 놈 등 정말 가관이었다.

김명윤은 마중손의 몸놀림과 검술에 감탄했다.

"하하핫! 저만큼 칼을 쓰고 뜀을 뛰는데 당할 놈이 누가 있겠느냐."

배중손이 잠시 숨을 몰아쉬더니 감사의 앞에 부복하였다.

"소인이 사또의 분부라면 죽기를 각오하겠습니다."

"오오, 그래."

김명인은 얼굴에 만족스러운 미소를 지으며 박 비장을 불러 보검을 한 자루 내어오게 하였다.

그리고 마중손에게 쥐어 주었다.

"이것을 가지고 네 임무를 방해하는 자가 있으면 누구든지 해치우도록 해라."

마중손은 두 손으로 칼을 받았다. 김명윤은 기대에 찬 눈으로 편달쇠를 쳐다보았다.

"너는 네 이마로 저 열 사람이나 되는 포졸을 다 물리칠 수 있느냐?"

편달쇠가 고개를 끄덕이며 두 손을 모았다. 김명윤이 포졸들에게 고갯짓으로 신호를 보내자 포졸들이 편달쇠에게 달려들었다.

편달쇠는 마치 날 듯이 이리 뛰고 저리 뛰며 몸을 재게 놀렸다. 한꺼번에 열 명의 포졸이 달려들었으나 편달쇠의 몸짓은 여유로웠다. 그리고 같은 소리가 반복해서 들려 왔다.

"탁, 탁, 탁, 탁, 탁."

연이어 그같은 소리가 들렸는가 싶었는데 포졸들은 하나같이 코피를 흘리며 나뒹굴고 있었다.

"과연 귀신같은 솜씨다."

김명윤은 편달쇠의 솜씨에 만족했다. 편달쇠는 자기 이마를 한번 쓰윽 쓰다듬더니 김명윤 앞에 부복했다.

"그래, 아무리 많은 놈들이 덤빈다 해도 너희 둘만 있으면 충분하겠다."

"저 역시 사또의 분부라면 지옥에라도 갈 것입니다."

"오냐, 만족한다. 너는 네 이마가 무기이니 다른 무기가 필요하지 않을 것 같구나."

김명윤은 편달쇠에게 철편으로 된 철퇴 한 개와 상목 열 필을 주었다. 그리고 박 호방을 불러 한양으로 떠날 채비를 서두르라고 일렀다.

섣달 보름께 추위가 한고개를 넘으려 할 때였다. 감사는 다시 박 호방과 마중손, 편달쇠 등을 불렀다.

"박 호방, 너도 이들과 함께 떠났으면 한다. 봉물의 내용를 네가 잘 알고 있으니 일이 쉬워질 게야."

"이 일이야 다른 사람보다는 역시 제가……"

"낫고말고. 그리고 자네, 마중손!"

"예."

"자네는 술이 과하다면서?"

"……"

"돌아오면 너에게 특별한 술을 한 섬을 줄테니 무사하게만 다녀오게."

"황공하옵니다."

"그리고 편달쇠. 자네는 색을 밝힌다고 하니 일을 마치고 돌아오면 명기(名技) 하나를 내어줌세."

"황공하옵니다."

김명윤은 이 일이 얼마나 중요한 일인지를 다시 한번 모두에게 단단히 주의를 준 뒤에 박 호방을 불러 슬쩍 귀띔을 했다.

"이번 일만 잘 보고 오면 후한 상금을 줄 것이니 일에 착오 없도록 하게."

일행은 한양으로 길을 나섰다. 봉물짐이 서른다섯 짐이요, 이를 지고 가는 사람이 서른다섯 명, 호방 박가와 마중손, 편달쇠 세 사람 외에도 힘 좀 쓰는 군관이 십여 명이었다. 모두 마흔여덟이었다.

박 호방과 마중손, 편달쇠 세 사람은 말을 타고 나머지는 다 걸었다.

드디어 진상 봉물이 감영을 벗어나서 해주 복판을 지나고 있을 때 백성들은 삼삼오오 쑤군대고 있었다.

"저게 다 황해도 백성들의 고혈을 짜낸 것이란 말이지?"

"그 감사놈이 황해도 토산물을 다 긁어가지고 한양에 바치는구만."

"제발 가다가 확 도적놈들이나 만나거라."

사람들의 쑤군대는 소리를 지나서 봉물짐은 해주를 벗어나 영천 주막에 이르렀다. 저녁이 되어서인지 바람은 더욱 세차게 불고 추위는 살을 에는 듯했다.

봉물짐 일행은 주막에 짐을 풀고 저녁을 먹었다.

밤이 이슥해지자 모두들 코를 골고 자고 있었지만 마중손은 편달쇠의 옆구리를 콕콕 찔렀다.

"이봐, 달쇠."

"왜?"

"출출해서 어디 살겠나?"

"그건 나도 그래."

"자, 그럼……"

"그래, 이웃 주막에나 가보세."

한 사람은 술 생각에 한 사람은 계집 생각이 간절하였다. 마침 이웃 주막에서 술을 마시고 떠드는 소리가 왁자지껄하게 들려 왔다.

두 사람은 조용히 방문을 열고 밖으로 나갔다.

한참 시간이 흘러 부옇게 날이 밝으려 하고 있었다. 박 호방의 째지는 소리가 주막집을 흔들었다.

"마중손! 편달쇠!"

그제서야 술과 계집에 시간 가는 줄 모르던 편달쇠와 마중손은 부시시 이웃 주막에서 머리를 내밀었다. 마중손은 어찌나 퍼마셨는지 몸도 제대로 가누지 못했고 색을 밝히는 편달쇠는 그나마 좀 나은 편이었다.

그 꼴을 보던 박 호방은 기가 막혔다.

"나는 다시 감영으로 돌아가겠소!"

"왜요?"

"아무리 두 사람이 주색을 밝힌다고 들었지만 첫날부터 이래서야 어찌 이 일을 감당하겠소."

"한번 봐주구려."

"내 돌아가서 감사께 자세히 고하고 대책을 세워야겠소이다."

박 호방은 협박하듯이 두 사람을 몰아 세웠다. 마중손과 편달쇠는 감사께 고한다는 박 호방의 말을 듣더니 갑자기 술이 깨는 듯하였다.

마중손과 편달쇠는 퍼뜩 몸을 가누더니 박 호방의 한쪽 팔을 나눠 잡았다.

"우리가 잘못했으니 제발 용서하시오."

"봉물짐만 무사하면 될 것 아닙니까."

박 호방은 두 사람의 태도가 썩 마음에 내키지는 않았지만 떠난 길을 되돌아갈 수는 없는 일이었다.

아침이 되었다. 일행은 서둘러 아침을 먹고 송도로 향하는 길을 취하였다. 제법 안다는 듯이 포졸 한 사람이 말했다.

"이 청석골 근처가 도적들이 제법 많이 출몰하는 곳이라면서요?"

"그놈들 만나기만 하면 혼쭐을 뽑아버릴 텐데."

마치 그 말을 기다렸던 사람처럼 마중손이 떠들어대자 편달쇠도 질세라 호기를 부렸다.

"글쎄 말이오. 마형이 칼까지 빼지 않더라도 내가 이 마빡으로 박살을 내줄텐데."

두 사람이 뽐내듯이 지껄여대는 소리를 듣던 박 호방이 못마땅한 목소리로 말하였다.

"어서 가기나 하자."

박 호방의 볼멘 소리에 마중손과 편달쇠는 어깨를 으쓱하면서 처음보다는 작은 소리로 중얼거렸다.

"에이, 어떤 놈이든 나타나기만 한다면……"

그 때였다. 고갯마루에서 호령하는 사내가 있었다.

"이놈들 그 자리에 섰거라!"

그 소리에 일행은 순간 멈칫하였다. 제일 놀란 것은 박 호방이었다.

"이크! 드디어 나타났구나!"

"이놈들아, 죽기 싫으면 짐을 벗어놓아라!"

고개 위의 사내들은 한 사람 두 사람씩 늘어나더니 삽시간에 이십여 명이 되었다. 일행들이 모두 불안함을 감추지 못하고 주저주저하고 있었지만 두 사람은 달랐다.

그들은 마중손과 편달쇠였다.

"옳거니 본때를 보여줄 때가 왔다!"

"이놈들 잘 만났다!"

마중손이 먼저 칼을 빼어들고 앞으로 뛰어나갔고 편달쇠도 뒤질세라 몸을 날렸다.

"이얍!"

"야잇!"

마중손과 편달쇠가 앞에 있던 몇 명의 도적과 불과 한두 합을 했을 뿐인데 도적들이 혼비백산하기 시작했다.

"이크, 저놈 칼을 쓰는 것 좀 보게."

"이크, 안 되겠다. 저놈 마빡 좀 봐."

한 사람이 마중손에게 사로잡히자 도적들은 도망을 치느라 정신이 없었다.

"형편없는 놈들이 함부로 까불다니."

"호호호."

마중손과 편달쇠는 기고만장하면서 박 호방을 쳐다보

앞다. 박 호방은 사실 간이 콩알만해져 있었지만 내색을
하지 못하고 두 사람을 격려하였다.

"수고하였소이다. 크게 수고하였소이다."

"뭘요, 저런 좀도둑들쯤이야."

"저런 버러지만도 못한 것들이 도적이라니. 우하하하."

두 사람은 호걸 흉내를 내며 껄껄 웃어제꼈다. 박 호
방은 자신 앞에서 거만을 떠는 마중손과 편달쇠가 못마
땅했다.

하지만 두 사람이 이십여 명이나 되는 도적을 물리친
데다가 그 중 한 놈을 사로잡기까지 한 사실에 안도의
한숨을 쉬었다. 그러나 이들이 너무 쉽게 도적들을 물리
친 것이 서림의 계략이었던 것을 아무도 알지 못했다.

봉물짐 일행은 사로잡은 도적 한 사람을 결박지워 끌
고 가면서 청석골 앞 탑고개를 넘어갔다. 그들이 혜음령
밑에 있는 무너미 주막 근처에 이른 것은 저녁 무렵이었
다.

무사히 청석골을 지난 봉물짐 일행 오십여 명이 무너
미 주막으로 오는 것이 보였다. 주막에서 봉물짐 일행이
오는 것을 보고 있던 한 사내가 좋아서 어쩔 줄을 몰라
하고 있었다. 곽서였다.

"으흐흐흐."

"조용히 해라."

입을 다물 줄 모르고 웃고 있던 그 곽서가 옆사람의
옆구리를 쿡 찌르자 조심스러운 목소리가 들렸다.

곽서의 옆에는 방중달이 서 있었다. 모두 서림의 계략

대로였다.

　잠시 후 주막의 사립문 앞에 당도한 박 호방이 일행을 이끌고 서서 거만하게 물었다.

　"주인이 누구냐?"

　그러자 여관 앞에 모여선 이들을 보곤 놀랐다는 듯이 나이든 사람이 서둘러 나왔다. 예가였다.

　"소인이 올시다."

　"우리 일행이 오십 명이고 말이 세 필인데 자고 갈테니 어서 밥을 지어라."

　박 호방이 제법 명령조로 말하자 예가가 싹싹 손을 부비면서 허리를 굽신거렸다.

　"예, 황송합니다. 먼길에 수고가 많으십니다."

　"주막 주인치곤 인사성이 바르군."

　박 호방이 칭찬을 한마디 하고는 부엌 쪽을 보니 안주인인 듯한 여인이 바쁘게 왔다갔다하고 있었다.

　"늙은이가 젊은 댁을 데리고 사는군. 주막집 안주인치고는 너무 이쁜걸."

　봉물짐 일행은 크고 작은 짐짝들을 안에다 들여놓고 여장을 풀었다. 안방채에 박 호방과 마중손, 편달쇠가 들었고 크고 작은 방마다엔 포졸들이 들끓었다.

　"목이 컬컬하구만."

　마중손이 벌써 술 생각이 간절한 모양이었다.

　"주막집 안사람이 기막힌 미색이던걸."

　또한 편달쇠는 편달쇠대로 음흉한 생각을 하고 있었으나 박 호방은 그 험하다는 청석골을 무사히 벗어난 사실이 매우 기분좋았다.

마중손을 힐끔보더니 박 호방이 크게 인심을 썼다.

"오늘 저녁엔 특별히 모두에게 술 석 잔씩만 먹여서 재우도록 하시오."

문밖에서 그 소리를 들은 예가는 입가에 의미있는 미소를 지었다. 만약 봉물짐 일행이 술을 마시지 않더라도 밥이나 국에 약을 타서 먹이려던 참이었으니 춤이라도 추고 싶었다.

게다가 예가는 봉물짐이 생각보다 부피가 큰 것이 너무 반가운 터였다. 예가는 마당 쪽으로 가서 손을 흔들었다.

저녁밥과 술이 일제히 봉물짐 일행들의 방마다 들어갔다. 짐꾼들이 긴장을 풀고 떠들며 식사를 시작했다. 안방에서 편달쇠가 수작을 떨었다.

"주인 마누라, 와서 술 좀 따르오."

기다리고 있었다는 듯이 주인 마누라가 해죽 웃으며 방안으로 들어섰다. 가까이서 보니 여자는 아름다울 뿐만 아니라 정승댁 마나님처럼 품위까지 있어 보였다.

"한잔 드세요."

여인이 고운 목소리로 잔을 권하자 편달쇠는 홀린 듯이 술잔을 들이키며 음흉하게 웃었다.

"오늘 호박이 굴러떨어졌어."

편달쇠와 박 호방이 두어 잔 술을 받아 마셨을 때, 술을 좋아하는 마중손은 벌써 대여섯 잔을 들이키고 있었다. 그렇게 술이 몇 순배 돌았을 때였다.

옆방에서 술을 마시던 짐꾼들과 포졸들이 모두 드러눕기 시작했다.

"어, 취한다."

"어, 졸린다."

"이게 무슨 술인데 이렇게 독해?"

모두들 한마디씩 지껄이더니 약속한 듯이 잠에 곯아떨어지는 것이었다. 안방에서 술을 마시던 박 호방이 고개를 갸우뚱하더니 방바닥에 쓰러졌고 마중손이 자리에 누웠다.

그렇게 취한 가운데에서도 계집 생각이 간절한 편달쇠는 다시 일어나 앉으려 했다. 순간 부엌에서 산더미 같은 중놈이 달려 나오더니 편달쇠를 발길로 걷어찼다.

"아이쿠!"

편달쇠는 꿈인지 생시인지 쓰러지면서 안주인 여자의 웃음 소리가 귓가에 아득히 멀어지는 것을 느꼈다.

"호호호 호호호, 아이 가엾어라."

편달쇠를 끝으로 삽시간에 오십여 명의 봉물짐 일행들이 방안에서 곯아떨어졌다.

그 때였다. 주막 옆의 숲에 숨어있던 패들이 일제히 달려 나와 곯아떨어진 자들을 결박하기 시작했다.

무리들 중에 섞여 있던 예가가 앞으로 나서며 명령을 내렸다.

"이놈과 저놈, 두 놈은 쓸모가 있을 듯하니 봉물과 함께 실어라."

곽서는 기분이 좋아 어쩔 줄을 모르고 신이 나서 떠들

어댔다.

"멋지군. 어서 봉물을 싣자. 상하지 않게 조심하구."

청석골 도적들은 성말 꿈 속 같은 시간에 서른다섯 짝의 짐을 모조리 실었다. 그리고 밤길을 재촉해 청석골로 달렸다. 말 두 필 위에는 마중손과 편달쇠가 결박된 채 함께 실려 있었다. 겨울 바람은 좀체로 잠잠해질 것 같지 않았다.

무너미 주막에 날이 훤히 밝자 제일 먼저 깨어난 것은 박 호방이었다. 겨우 제정신을 차려 일어난 박 호방은 다시 기절이라도 하고 싶었다.

"이 봉물들이 다 어디로 갔단 말이냐. 편달쇠야! 마중손아!"

아무리 외쳐 보아도 부질없는 짓이었다. 박 호방은 그 자리에 털썩 주저앉은 후에야 이것이 꿈이 아니고 현실이라는 것을 깨달았다.

"장차 이 일을 어찌해야 좋단 말이냐."

같은 시각, 청석골에서는 여러 두령들이 물건을 산더미같이 빼앗아 놓고 기분이 좋아서 취의정에 모여 앉아 있었다.

예가가 상기된 목소리로 좌중을 둘러보며 말했다.

"한마디 할까 하오."

그리고 잠시 좌중이 조용해지기를 기다렸다가 예가는 말을 이었다.

"서 장사를 입당시켜 물건을 나누려 하는데 여러분들

의 의견은 어떻소?"

예가가 뿌듯한 가슴을 다스리며 의견을 묻자 곽서를 빼고는 모두들 입을 모아 대답했다.

"좋습니다."

"그러면 서 장사를 우리 당에 입당한 걸로 알고 그렇게 대우하겠소. 그런데 곽 두령은 어찌 생각하나?"

아무 대답도 하지 않는 곽서가 마음에 걸렸던지 예가가 확인한다는 듯이 물었다. 곽서는 쑥쓰럽다는 듯이 퉁명스럽게 말했다.

"제기랄! 다 좋다고 하는데 무얼……"

두령들은 곽서의 말에 전부 웃음을 터뜨렸다.

"우하하하!"

웃음 소리를 뒤로 하고 일어서서 예가를 향해 넙죽 절하더니 깍듯이 말했다.

"변변치 못한 저를 이처럼 생각해주시는 여러 두령들께 정말 감사올립니다."

"인사성도 밝기도 하지!"

방중달이 농담조로 말을 했다. 모든 사람들이 다시 웃기 시작했다. 그제서야 곽서도 따라 웃었다. 서림은 사람들의 웃음이 사그라들기를 기다렸다가 말을 이었다.

"한 가지 드릴 말씀이 있습니다."

"……?"

"다름이 아니오라, 붙잡아온 두 사람은 각기 천하에 드문 장사들이오니 그들을 맞아들이는 것이 좋을 듯합니다."

서림의 말에 좋다고 한 사람은 의외로 곽서였고 다른 두령들은 의아한 얼굴이었다.

서림이 말을 이었다.

"한 사람은 마중손이라고 천하에 검술이 당할 자가 없는 사람으로 칼을 쓰면 몸이 보이지 않는다는 사람이지요. 전라도 싸움에 나가서 적병 백여 명을 한칼에 무찌른 사람이니 그와 의를 맺으면 청석골이 흥하는데 큰 도움이 될 것입니다."

마중손이라는 이름을 듣자 사람들의 얼굴에 놀라는 기색이 역력했다. 서림은 잠시 뜸을 들이더니 이번엔 편달쇠에 대해서 설명하기 시작했다.

"또 한 사람은 평양 사람으로 편달쇠라고 박치기의 명수입니다. 펄펄 날지요. 이삼십 명 정도는 머리 하나로 해치운다는 사람입니다."

두령들이 서로 얼굴을 마주보며 의아해하고 있을 때, 기돌쇠가 무릎을 치더니 입을 열었다.

"맞았소! 꺽정이 형님이 이룡과 마중손 얘기를 밤낮없이 하시더니 바로 그 사람이로구만."

"그랬었군."

사람들이 그 두 사람을 인정하자 서림은 더욱 신이 나서 어쩔 줄을 몰랐다.

예가는 사람을 시켜 두 사람을 어서 불러오라고 명했다. 결박이 풀린 마중손과 편달쇠가 호위 졸개들에게 부축을 받으며 취의정으로 올라왔다.

"장사들을 몰라 뵙고 죄를 많이 범했소이다."

예가가 버선발로 땅에 내려와서는 손을 모아 사과를 하였다. 천만 뜻밖의 일에 당황했는지 두 사람은 아무 말도 하지 못했다. 그러자 모든 두령들이 일제히 일어나서 인사를 했다.

"두 분을 환영하오."

그제서야 마중손과 편달쇠는 자기들을 대우하여 주는 줄 깨닫고 몸둘 바를 몰라 했다.

"이거 황송할 따름입니다."

마중손이 먼저 인사를 하자 편달쇠는 머리까지 숙이며 고마와했다.

"여러분이 이처럼 저희들을 환대해주시니 뭐라고 말씀을 드려야할지 모르겠습니다."

그러자 두 사람을 지켜보던 예가가 기쁨을 참지 못하고 서둘러 말했다.

"자, 쇠뿔도 단김에 빼랬다고 두 분을 함께 입당시키는 것이 어떻겠소?"

"좋소!"

모두들 그 두 사람을 환영하였다. 이제 청석골에는 새로 두령 셋이나 늘게 되었다. 두령들은 이제 세상에 두려울 것이 없는 것 같았다.

예가가 나서 봉물을 나누자고 제의를 하자 취의정 안은 잔치가 벌어졌다.

봉물짐을 꺽정과 하왕동, 애련이 몫까지 해서 열다섯 몫으로 나누는데 그 많은 봉물짐 속에는 세상의 온갖 귀하고 희한한 물건들이 그득했다.

그로부터 사흘 후에 기돌쇠는 청석골에서 나눈 봉물을 걸머지고 양주 임꺽정의 집으로 향하였다. 사흘 밤낮을 걸려서 양주에 당도하니 꺽정은 기돌쇠를 얼싸안고 기뻐했다.

"이거 얼마만인가?"

"오랫만이 올시다, 형님!

"그래, 청석골은 두루 별일 없는가?"

"예, 형님. 모두 잘 있습니다. 그보다도 이걸……"

"그게 뭔가?"

"이거 황해 감사 김명윤의 봉물을 턴 것입니다."

  돌쇠가 꺽정이 몫의 봉물을 내려놓자 꺽정이 양미간을 찌푸렸다.

"음."

"형님, 왜 그러시오?"

"요즘 그 봉물 때문에 이 고을에까지 물건이나 범인을 찾는 사람은 상금을 준다고들 해서 야단이라네. 여보게, 그거 도로 지고 돌아가게."

"아니, 형님. 그게 무슨 말씀입니까?"

"안 되겠네."

"안 되다니요? 뭐가 어때서 그러오?"

"이 부근 이웃들이 아주 요사스런 사람들이 많으이."

"암만 그래도 형님 몫으로 일부러 나누었는데 형님이 안 받으시면 저희 청석골 사람들 체면이 섭니까?"

"체면 세우려다가 사람 상하게 만들려나."

"아, 일이 생긴다면 청석골로 오시면 되잖우."

"오늘 낼 하는 병든 아버님을 두고 가기는 어딜 간다고 그러나?"

"형님, 좌우간 이건 그냥 받아 두시우."

"됐으니 짐을 풀지 말게."

"받아 두시우. 제가 무슨 면목으로 이걸 다시 가지고 청석골로 갑니까?"

돌쇠는 막무가내로 짐짝을 풀어 안으로 들여놓았다.

그러나 누가 알고 있었으랴? 하왕동이 여웅산으로 들어간 뒤에 항상 감시를 받고 있던 꺽정의 집에 포교의 끄나풀이 이 사실을 듣고 있었다. 더구나 그 끄나풀이 다름 아닌 이웃집 노마 아범이었다는 것을 꺽정은 꿈에도 모르고 있었다.

한밤중이었다. 꺽정이가 오랜만에 돌쇠와 이런저런 이야기들로 시간이 가는 줄 모르고 있을 때였다. 서림이 잡혀와서 봉물을 빼앗을 계략을 짜게 된 이야기부터 청석골의 소소한 이야기까지 끝없는 이야기가 이어지고 있었다.

꺽정이 밖에서 인기척을 느꼈을 때는 이미 포졸들이 꺽정의 집을 겹겹이 포위하고 있었다.

그러나 포졸들은 꺽정의 집에는 함부로 들어오지 못하고 있었다. 수교(首校)인 한 포교가 누구보다 꺽정의 힘을 잘 알고 있었기 때문이었다.

이미 꺽정이가 십칠 세에 집 기둥을 들고 그 틈에 나무를 끼었다 뺐다 하였던 것을 잘 알고 있던 터였다. 그래서 한밤중에 포위는 하였지만 큰 소리 한번 지르지 못한 채 그냥 지키고 섰을 뿐이었다.

꺽정은 인기척을 느꼈지만 설마 하고 별다른 생각없이 잠자리를 보려고 하였다. 그 때 대문 밖에서 큰 소리가 들려 왔다.

"꼼짝 말고 오라를 받아라!

그 소리는 두려움을 억지로 견디려고 애써 목청을 돋우는 소리 같았다. 벌써 돌쇠는 쇠표창 서너 개를 손에 꼬나잡고 있었다.

"형님! 아주 청석골로 갑시다."

"글쎄."

"아니면 일단 가까운 여웅산 산채에라도 가십시다."

"식구들은 어떡하구?"

"식구들은 나중에 옥을 부수고 데려 가시면 되잖아요."

"부친이 저렇게 병중인데."

"형님. 제말대로 하는 것이 좋겠습니다. 어서요."

"그럼 가세!"

꺽정과 돌쇠가 이렇게 이야기가 되고 있을 때 대문을 걷어차며 포졸들이 달려 들어왔다. 돌쇠는 어느틈에 쇠표창 한 개를 날려 맨앞에 있는 포졸의 이마에 꽂았다.

"아이쿠!"

한 놈이 나가떨어지자 또 한 놈이 달려들었다. 그러자 돌쇠의 손이 날세게 몇번 움직이는 것 같았다. 순식간에 서너 놈이 연이어 고꾸라졌다.

이 칠흑같은 한밤중에 그런 무기를 정확히 날리다니.

포졸들은 그만 앞다투어 흩어지기 바빴다.

"청석골에서 표창 잘 쓴다는 그놈인가보다!"

"일단 살고 보자구!"

포졸들은 겁에 질려 저희들끼리 밀고 밀리며 정신이 없었다. 수교인 한 포교는 이러지도저러지도 못하고 포졸들과 함께 줄행랑을 치고 있었다. 포졸들이 꽁무니를 빼는 것을 보고 돌쇠가 꺽정이를 불렀다.

"형님, 그놈들이 다시 들이닥치겠지요?"

"수백 명이 쏟아져 들이닥치겠지."

"그놈들이 다시 오기 전에 왕동이한테로 가십시다."

꺽정이는 잠시 생각하더니 백손 어미를 불러 당부하였다.

"그놈들이 다시 와서 잡혀가거든 그저 모른다고만 하게. 내 잠시 다녀오리다."

꺽정은 걱정스러워하는 백손 어미의 손을 놓고 급히 여웅산으로 향하였다.

치죄

한 포교로부터 자초지종을 들은 양주 목사는 화가 하늘까지 치솟아 펄펄 뛰고 있었다.

"도적놈들을 눈깔로 보고서도 놓치다니…… 냉큼 잡아들이지 못할까!"

목사의 호통하는 소리는 동헌과 산문 밖까지 쩌렁쩌렁 울렸다. 하지만 이미 여웅산으로 떠난 꺽정이를 무슨 수로 잡아들일 것인가?

수교 한가는 꿇어 엎드려 고개를 들지 못하였다.

"그저 죽여 주십시오."

목사는 분통이 터져 죽을 지경이었지만 이미 때가 늦은 줄을 알고 꺽정의 식구들을 잡아들였다.

맨먼저 꺽정의 처인 백손 어미를 형틀에 묶게 한 뒤

소리를 질러댔다.

"이년이 바른대로 말할 때까지 물볼기를 쳐라!"

사형들이 달려들어 꺽정이 처의 치마저고리를 벗기려고 하자 아무 소리도 하지 않던 꺽정의 처가 고함을 쳤다. 계집의 고함치고는 그 기세가 대단하였다.

"이 개만도 못한 것들아! 여자가 찬 걸레 조각을 구경할거냐?"

목사는 그 소리를 듣자 더욱 노발대발하였다.

"여봐라 그년을 몹시 쳐라!"

지독한 매질이 계속되었다. 그러나 꺽정의 처는 기절할 때까지 신음 소리 한번 내지 않고 이를 악물고 있었다. 꺽정의 처가 기절하자 목사는 더욱 노기등등해져 눈에 핏발까지 서 있었다.

"그 다음엔 또 누구 없느냐?"

꺽정의 아비가 불편한 몸으로 끌려 나왔다. 이미 오랜 병으로 거의 반송장이나 다름없었다.

그러나 목사는 몸을 제대로 가누지 못하고 끌려 나오는 꺽정의 아비를 보자 고함을 쳤다.

"저 늙은 놈이 병이 든 체하고 꾀를 쓰는 구나. 매우 쳐라!"

꺽정의 아비는 그야말로 소리 한번 질러보지 못하고 물고가 났다.

"아주 죽은 것 같습니다."

사령이 길게 목을 뽑아 아뢰었지만 머리 끝까지 화가 난 목사는 말했다.

"그놈이 죽은 체를 하는 것이다. 정신이 들 때까지 되게 쳐라!"

사령들이 더욱 세게 매질을 했다. 그러나 이미 죽은 사람이 손가락 하나도 움찔할 리가 만무했다.

"정말 죽었느냐?"

"예, 죽었습니다!"

목사는 잠시 얼굴을 한 번 찡그렸다. 사령이 물었다.

"어찌 하오리까?"

"이놈아! 어찌하다니. 당장 끌어내 치워라."

꺽정 아비의 시체가 문밖으로 질질 끌려 나갔다. 문밖에 있던 백손이와 꺽정의 누이는 입술을 깨물고 울음을 터뜨렸다.

"아버지."

"할아버지, 엉엉……"

백손과 꺽정의 누이의 통곡 소리가 동헌에까지 들렸는지 목사가 고함을 질러댔다.

"밖에서 우는 연놈이 누구냐?"

잠시 후에 사령이 들어와 아뢰었다.

"꺽정의 아들놈과 그 누이입니다."

"누이년을 잡아들여라!"

얼마 후에 온통 눈물에 범벅이 된 꺽정의 누이가 잡혀 들어왔다.

"네 이년!"

목사는 다짜고짜 호통을 쳤다.

"보았느냐? 네년도 그 꼴이 되지 않으려면 바른대로

아뢰렷다!"

목사의 협박이 끝나기가 무섭게 꺽정의 누이가 눈을 부릅뜨더니 미친 듯이 고함을 쳤다.

"이 개같은 놈아. 나도 우리 아버지처럼 죽여다오!"

꺽정의 누이는 형틀에 묶일 사이도 없이 매질을 당하더니 곧 까무라치고 말았다. 그리고 열다섯 살의 백손이가 잡혀 들어왔다.

"이놈 잘 보았지? 바른대로 아뢰어라!"

"……"

"바른대로 말하지 않으면 또 매로 다스릴 것이다."

두 주먹을 그러쥐고 백손은 아무 말도 하지 않았다. 난 모르겠소 하는 태도였다. 목사가 백손을 가만히 내려다보더니 혼자 중얼거렸다.

"그놈이 백정의 아들치고는 인물이 영특하게 생겼군."

백손은 고개를 푹 숙이고 분을 삼키고 있었다. 잠시 생각에 잠겼던 목사가 백손은 상관없다는 듯이 명령했다.

"저놈은 아직 어리니 그냥 내보내어라."

백손이 끌려 나가자 목사는 곧 이어 형방과 병방과 그 휘하의 사령군노들에게 크게 호령하였다.

"사흘 안으로 청석골 도적 한 놈과 임꺽정이를 사로잡지 못하면 너희들도 물고를 낼 것이니 그리 알아라! 그리고 저 연놈들을 모두 옥에 가두고 철통같이 지켜야 할 것이다!"

"예!"

서슬퍼런 목사의 호령에 대답은 했지만 병방과 호방 그리고 사령군노들은 막막하기만 했다.

한편 돌쇠와 꺽정이는 이틀을 걸어 여웅산 산채에 당도했다. 왕동의 내외를 만났을 때는 벌써 저녁 나절이 되었다.

"자형, 이게 웬일이오?"

왕동이가 꺽정을 보자 서둘러 달려 나왔다. 애련이도 피옥일 안은 채 산채 밖으로 나와 이들을 맞았다.

"이거 도대체 무슨 바람이 불었답니까?"

돌쇠는 왕동이를 보고 인사하는 것도 잊은 채 다급하게 말했다.

"이거 큰일났네."

뜬금없는 돌쇠의 말에 왕동이 내외는 영문을 알 수 없었다.

왕동이 내외는 손님들은 우선 안으로 모셨다. 안으로 들어서자 왕동이가 꺽정이와 돌쇠를 번갈아 쳐다보고 있었다.

꺽정은 턱으로 돌쇠를 가리키며 입을 뗐다. 왕동이에게 대신 이야기를 하라는 뜻 같았다.

"지금 야단이 났네."

돌쇠가 다짜고짜 결론부터 말을 꺼냈다.

"무슨 야단인가? 차근차근 말을 해보게. 답답해서 못 살겠다."

답답해서 미치겠다는 듯이 왕동이는 자기 가슴을 쳤다.

"다른 게 아니라……"

돌쇠는 청석골에서 황해 감영 진상봉물을 턴 얘기부터 그것을 분배해서 꺽정에게 나누어 주려고 양주에 갔던 일 등을 소상히 이야기했다.

옆집 노마 애비의 밀고로 꺽정의 식구들이 다 잡혀간 이야기까지 소상하게 듣고 나서 왕동이 입을 열었다.

"그래, 누님도 잡혀갔단 말이오?"

왕동이는 우선 자기 누이가 걱정인 모양이었다.

"물론이지. 누님도 지금쯤은 어찌 되었는지 모르겠네."

"그게 무슨 말이오?"

그 말을 듣고 왕동이는 매우 흥분하였다. 왕동이는 이를 악물었다.

"내 졸개 백여 명이면 양주를 도륙낼 텐데, 그놈들을 그냥 둘 것 같은가."

"이 사람아."

돌쇠가 왕동이를 불렀다.

"왜?"

"양주 고을에 군사가 삼사백 명은 될텐데. 아무래도 자네가 오늘 청석골에 갔다 오게."

"그건 왜?"

"거기서 장사들을 좀 불러왔으면 좋겠네."

돌쇠의 말을 듣고 왕동이는 한참을 생각하는 듯했다.

"그 동안 우리 누님 죽지나 않을까?"

"인명이 재천인데 죽기야 하겠나."

"그래도……"

아무리 위로해도 왕동이는 벌써 눈물이 글썽글썽했다. 이 때 애련이 술상을 들고 들어왔다.

"한 잔씩 하시면서 대책을 논의하시지요."

"그렇게 합시다."

돌쇠가 술상을 받아 놓으며 대답했다. 일단 술을 한잔씩 들이키자 왕동이가 말했다.

"백여 명의 졸개가 한꺼번에 들이치면 될 것 같기도 한데."

"그래서는 안 돼. 아무래도 청석골 두령들을 불러 합세해야 할 것 같네."

"그럼 서둘러 청석골로 가서 응원군을 불러오리다."

왕동은 말을 마치자마자 그 자리에서 벌떡 일어섰다.

"그래, 다녀오는 것이 좋을거야. 중달, 서림, 오돌, 천석 네 사람만 데리고 오게."

돌쇠의 말이 끝나자 왕동이는 훌훌이 청석골로 길을 떠났다.

여웅산에서 청석골은 이백여 리가 넘는 길이었지만 왕동이의 걸음은 순식간에 그 험한 산들을 넘었다.

한 발짝을 옮길 때마다 왕동은 백손 어미의 무사함만을 빌었다.

"누님."

"누님."

"누님."

그렇게 얼마를 걸었는지 시간이 얼마나 흘렀는지 생각할 겨를이 없었지만 왕동이 청석골에 다다른 것은 이경이 좀 지났을 때였다.

청석골의 두령들은 밤새 술을 마시고 있다가 왕동을 보고 모두들 반가워했다.

하지만 왕동은 일이 급했다. 왕동이가 꺽정의 일을 두령들에게 모두 이야기하자 청석골은 난리가 났다.

"이런 변고가 있다니."

청석골 취의정 안에서는 두령 회의가 열렸다. 회의를 주재하는 사람은 서림이었다. 꺽정이 식구가 다 잡히고 꺽정이가 잠시 몸을 피하였다는 말을 듣자 서림이 제일 먼저 나섰다.

"따지고 보면 이게 다 나 때문에 일어난 일이오. 그러니까 양주읍을 도륙내고 식구들을 구해올 방도를 의논합시다."

"우리가 한꺼번에 몰려가면 그깟 양주읍쯤이야."

이러저런 논의가 계속되었다. 모두 떠나서 양주를 도륙내기로 결정이 되었다. 모두들 어서 양주로 떠나자고 떠들어댔다.

그 때 서림은 사람들에게 양해를 구한 다음 말했다.

"하지만 이곳을 지킬 분이 한두 분은 남아야 합니다. 제 생각엔……"

서림은 잠시 뜸을 들였다가 말을 이었다.

"예 두령과 탁 두령 그리고……"

"나는 절대 빠질 수 없소!

곽서가 서림의 말을 들을 필요도 없다는 듯이 말을 끊고 들어왔다. 결국 청석골에는 양백석, 양혜련 두령과 예가가 남기로 하였다. 다른 두령들은 그 밤으로 청석골을 떠나 여웅산으로 향했다.

그들이 여웅산에 도착한 것은 이튿날 낮이 되어서였다.

"형님!"

"형님, 안녕하셨소."

"형님."

여웅산에 들이닥치자마자 모두들 꺽정에게 인사하며 그간의 일에 대해 한 마디씩 떠들어댔다.

"이만하면 양주 아니라 한양이라도 도륙낼 만하다."

꺽정은 모두 반가와서 어쩔 줄 몰라 했다.

그 때 아무 말도 않고 있던 왕동이가 말했다.

"빨리 떠납시다!"

"밤새고 온 사람들이 그냥 갈 수야 있나."

"모두들 천하장사들인데 무슨 상관이오."

왕동인 야단법석이었지만 꺽정은 왠지 여유있게 말했다.

"하여간 떠나도 맨손으로 갈 수는 없는 일 아닌가."

"그건 그렇습니다."

"무기를 가지고 가야겠는데."

서림이 이야기를 듣고 있다가 앞으로 나섰다.

"그거야 쉬운 일이지요."

"어떻게?"

"어물 장사로 꾸미면 됩니다."

서림의 말에 따라 사람들은 모두 어물 장사로 변장했

다. 마른 어물들을 밖에 걸어 넣고 짐 속에는 칼이며 쇠도리깨 등 온갖 무기를 갖추어 여러 짐을 만들었다.

하루 반나절만에 일행은 양주읍에 도착하였다. 저녁 무렵이었다.

일행은 길가 숲 속에 들어가 일단 몸을 숨기고 있었다. 그 동안에도 왕동이는 마음이 급했다.

"내가 일단 가서 사정을 알아오겠소."

왕동이가 양주읍내로 들어간 지 얼마나 지났을까. 이 윽고 왕동이가 기겁을 해서 달려 왔다.

"이거 큰일났습니다."

"어찌 됐는데……?"

"형님의 아버지와 팔삭동이는 돌아가셨고 누님께서도 매를 맞아 거의 사경에 이르렀고……"

"또……?"

"백손이 어머니도 다 죽어간다 합디다."

"백손이는?"

"백손이만 성한대로 옥고를 견디는 모양입니다."

"다른 것은?"

"시체들을 집에 갖다 놓았는데 치울 사람이 없어서 그 대로 썩고 있답디다."

"저런!"

"그런데 시체들은 모두 맞아 죽은 것이랍디다. "

"저런 쳐죽일 놈들."

"모두 죽여야지요."

"으음."

모두 치를 떨고 분을 삼키고 있을 때 서림이 차근차근하게 말했다.

　"우선 바쁜 것은 시신부터 수습하는 일이오."

　"시체 근처에도 포교 군사 칠팔 명이 지키고 있답니다."

　"그거야 소리 안 나게 해치우면 되는 게지."

　주위가 어둑어둑해지더니 삼경이 가까워졌을 때에야 일행은 숲 속에서 무장을 단단히 한 다음 양주읍내로 들어섰다.

　먼저 꺽정의 집에 가보니 아직도 포교 칠팔 명이 남아 노마 애비와 술을 마시고 있었다.

　포교 한 놈이 노마 애비에게 술잔을 돌리며 물었다.

　"꺽정이란 놈이 그렇게 기운이 센가?"

　"말도 마시우. 호랑이보다도 더 무섭소."

　"그놈이 다시 이곳으로 올까?"

　"글쎄, 포교가 수백 명이 지키는데 올 수가 있을라고."

　"그놈이 애비 송장 때문에 오기는 올 거야."

　"호랑이도 제말하면 온다고 그만하게."

　"꺽정이가 그렇게 무서운가."

　"무섭다 못해 징그러울 지경이니 그만 하게."

　노마 아비는 왠지 등골이 오싹해져서 술을 벌컥 마셨다. 그 때였다. 꺽정이가 그 앞에 나서며 고함을 쳤다.

　"그 무서운 꺽정이가 여기 있다! 조금이라도 움직이는 놈이 있으면 저승으로 갈 것이다!"

　분노한 꺽정의 얼굴을 보던 포교들은 그 자리에서 얼

어붙고 말았다. 입도 다물지 못한 채 온몸을 사시나무처럼 부르르 떨고 있을 뿐이었다.

너무 겁에 질린 노마 아비는 오줌을 싼 채로 뒷걸음쳤다.

"요놈!"

우직한 방중달이 노마 아비의 뒷덜미를 잡아채더니 한 손으로 내동댕이쳤다.

"캑!"

노마 아비는 그뿐이었다. 소리 한번 지르지 못하고 피를 토하고 죽어버렸다.

포교들은 더욱 놀랐다. 꺽정이 뿐만아니고 십여 명 몰려온 도적들이 전부 천하장사인 것을 느꼈던 모양이었다.

포교들은 이제 숨소리도 제대로 못낼 지경이었다. 서림이 일행을 힐난했다.

"어서 그놈들을 결박하지 않고 뭐하는 거요."

포교들은 손 한번 까딱하지 못하고 그대로 묶인 채 겁에 질려 있었다.

"이제 시신을 모시도록 합시다."

서림의 말에 모두들 방으로 들어가는데 꺽정이는 부친과 팔삭동이의 시신을 부여잡고 통곡하였다.

일행은 고개를 숙인 채 아무 말도 하지 못했다. 그러자 서림이 다시 말했다.

"그만 하시고…… 이제부터 매장할 것도 없이 아주 이 집과 함께 화장으로 모십시다. 나중에 관가를 쳐부수고 돌아가는 길에 **뼈**를 수습해도 늦지는 아니할 것입니다."

그 말을 들은 꺽정은 서림의 말이 옳다고 생각하였는지 고개를 끄덕였다.

"그렇게 합시다."

모두들 집의 안팎으로 돌아가면서 곳곳에 불을 놓았다. 불꽃은 하늘에까지 닿을 것 같았다.

불길은 꺽정의 집뿐만이 아니고 그 부근 수십 호에 번져 갔다. 때마침 불어오는 북서풍은 더욱 거세어져 순식간에 마을 전체가 불길에 휩싸이고 있었다.

"이만하면 양주읍이 다 타겠군."

불길은 언제까지 꺼지지 않을 것 같았다. 모두의 얼굴은 불길에 벌겋게 달아올라 있었다.

"자, 이제 옥문을 부수러 갑시다!"

서림의 말을 시작으로 모두들 옥을 향해 달려갔다. 워낙 장대하고 기세등등한 그들은 마치 성난 파도 같았다. 눈을 부릅뜨고 어금니를 다문 그들의 질주는 그야말로 장관이었다.

그들이 옥을 향하여 한참을 달렸을 때 맞은 편에서 아우성치는 소리가 들려 왔다.

군교 백여 명이 비바람처럼 몰려 들고 있었다. 포교들과 맞딱드리자 먼저 방중달과 최오돌이 함께 장창을 꼬나들고 군졸들을 향해 소리쳤다.

"네놈들이 죽으려거든 우리 앞길을 막아보아라!"

그러자 이쪽의 사람 수가 적은 것을 깔보고 우두머리인 듯한 놈 하나가 소리를 치며 달려 나왔다.

"건방진 놈! 헛소리 집어치워라."

그 소리를 시작으로 백여 명의 군졸들이 일시에 덤벼들었다. 창과 칼이 서로 부딪치는 소리가 어두운 밤을 찢고 있었다. 그러나 순식간의 일이었다. 어느새 삼사십 명의 군졸들이 죽어 넘어졌다. 그 가운데에서 청석골 패들의 움직임은 마치 춤을 추고 있는 것 같았다.

한 번 기세가 꺾인 군졸들은 모두 창을 버리고 어지럽게 흩어졌다.

"쥐새끼 같은 놈들."

사람들이 한바탕 싸움을 끝내고 땀을 씻고 있을 때 서림이 재촉했다.

"어서 옥문을 부수러 갑시다."

어둠이 짙은 옥 부근에는 삼사십 명의 포교 사령들이 깔려 있었다.

방중달이 집채만한 바위를 양손으로 들어 올렸다. 언제나 일의 앞장을 서는 것은 곽서가 아니면 방중달이었다.

"이놈들! 여기에 깔려 죽지 않으려면 어서 도망을 가거라!"

방중달이 집채만한 바위를 들고 고함을 치자 옥을 지키던 놈들은 혼비백산했다. 마치 가을 바람에 낙엽이 흩어지는 것 같았다.

"히히히."

곽서가 그 꼴을 보고 재미있다는 듯이 웃었다. 그러나 꺽정은 식구들이 궁금하여 옥문 앞으로 뛰어나갔다.

"내가 왔소!"

그 소리에 큰 칼을 쓰고 있던 꺽정이 아내와 누이는 깜짝 놀라 어쩔 줄 몰라했다.

"이게 누구요."

"이제 안심하오. 내가 옥문을 부술 테니 놀라지 말고 기다려주오."

그 때 혼곤히 잠이 들었던 백손이가 애비 음성을 듣고 후다닥 깨어났다.

"아버지!"

꺽정은 아들의 얼굴을 보자 그만 눈물이 글썽글썽하여 대답을 못하였다. 잠시 후 방중달과 양천석, 하왕동 등이 옥문을 부수는 소리가 들렸다.

바람이 먼 곳에서 불어왔다. 옥에서 나온 두 여인은 어찌나 매를 맞았는지 걸음을 걷지 못했다. 그러자 방중달이 두 여인을 한꺼번에 업었다.

그 때였다. 아련히 들려오는 바람 소리 속에 사람의 발자국 소리가 가까이 오고 있었다. 서림이 꺽정이에게 소곤거렸다.

"저게 양주 목사 이하전과 그 부하들일 것입니다."

"어떡하면 좋겠소?"

"임 장사와 방 장사 두 분이 앞장을 서십시오."

방중달은 업었던 두 여인을 최 두령과 탁 두령에게 업혀 주었다.

방중달은 장창을, 임꺽정은 장검을 빼어 들고 앞으로 달려 나갔다.

"네놈들 백 명 이백 명은 고사하고 천 명 이천 명이 쏟아져와도 모두 없애겠다!"

꺽정이 먼저 한바탕 칼춤을 추자 희미한 어둠 속에 검광이 꺽정의 전신을 휩싸고 돌았다. 어느 것이 칼이고 어느 것이 꺽정인지 분간할 수가 없었다. 그 신기에 가까운 칼 솜씨에 넋을 빼고 있던 포교 사령들이 한 사람 두 사람 뒷걸음질을 치기 시작했다.

목사가 좌우 병방에게 말했다.

"다들 어디로 가는 게냐?"

"글쎄 올시다."

좌우 병방들도 오금이 저리어 말을 제대로 잇지 못했다. 다들 도망하고 몇 남지 않은 사람들마저 덜덜 떨고 있는데 방중달이 나섰다.

"너희놈들을 씨알머리 하나 없이 다 죽여버리겠다!"

십여 척이 넘는 장창을 꼬나쥔 방중달이 목사와 좌우 병방의 앞으로 육박했다.

"그만 피하는 것이 좋겠습니다요."

병방의 말에 감사가 말머리를 돌리자 나머지 병졸들은 말할 나위가 없었다.

"저놈들을 어찌할까?"

꺽정이 말을 쫓아갈 수가 없자 바라보고만 있었다.

"내아를 먼저 습격하면 잡힐 염려가 있으니 관가를 먼저 치십시오."

서림의 계략대로 모두 관가로 들이닥쳤다. 내아에는 이미 목사의 처첩들이 울고불고 야단이었다. 양천석이 꺽정에게 다가와 물었다.

"저것들을 다 어찌 할까요?"

"연놈하나 살려둘 필요없다!"

꺽정의 말이 떨어지기가 무섭게 곽서가 쇠도리깨를 팽개치더니 도끼 하나를 꼬나잡았다. 곽서는 물만난 듯이 이리 뛰고 저리 뛰고 하였다. 그 때마다 아비규환이 따로 없었다.

"으악!"

"사람살류!"

"아이쿠."

"아이쿠."

양천석과 곽서가 피의 춤을 추고 있었다. 꺽정은 장검을 들고 목사 이하전을 찾고 있었다.

"목사 이놈은 어디 있느냐!"

꺽정이가 한참을 뒤지는데 안방에서 버선발로 튀어나오는 목사를 보았다.

"이놈아, 우리 아버지 죽인 놈아!"

꺽정의 칼이 한 번 번쩍이자 목사의 목은 그만 덜렁하고 마루바닥에 뒹굴었다. 차라리 말을 타고 도망을 갔더라면 목숨은 부지할 수 있었을 것을. 목사 이하전은 처첩들 때문에 그렇게 죽고 말았다.

목사가 군병을 동원할 때 읍내 장정들도 함께 동원하였던 모양이었다. 수백의 장정들이 관가로 몰려들었다가 그 무시무시한 광경을 보고 뿔뿔이 흩어져버렸다.

꺽정이 일행은 청석골로 돌아갔다. 꺽정은 내내 말이

없었다. 하지만 꺽정의 처와 누이는 수십 년을 살았던 고향과 집을 떠나기가 섭섭한 듯 눈물을 찍어대었다.

양주읍내를 벗어나자 서림이 꺽정이 눈치를 살피며 말했다.

"이제 일이 이렇게 되었으니 하 두령까지 모두 청석골로 갑시다."

서림의 말에 모두들 한 마디씩 거들었다.

"우리가 결국 형님을 이렇게 만들었는데."

"그렇고말고."

"그럴수야 있나. 형님, 우리는 일단 여웅산 산채로 갑시다."

하왕동이가 반대를 했지만 꺽정은 이렇다 저렇다 말이 없었다. 하왕동이가 갑갑하여 꺽정을 재촉했다.

"형님, 좌우지간 얘길를 해야 할 것 아니오."

그제서야 꺽정은 아무 뜻도 없다는 듯 길게 한숨을 쉬더니 대답했다.

"아무렇게나 하지."

가짜 임꺽정

일행이 양주를 한참 벗어나 큰 고개에 이르렀을 때였다. 숲 속에서 희끗하고 스쳐가는 것이 사람같기도 했다. 일행이 한참 걸어올라가는데 고개 위에 십여 명이 있었다.

고개 위에서 일행을 내려다보고 있던 무리 속에서 큰 고함 소리가 들렸다.

"이놈들 거기 섰거라."

아마 이 근처에 출몰하는 좀도둑들 같았다. 일행이 기가 막혀 하고 있는데 더 크게 외치는 소리가 들렸다.

"짐 벗어 놓지 못해?"

꺽정 일행은 하도 어이가 없어 그만 웃음을 터뜨리고 말았다.

"껄껄껄."

"허허허."

좀도둑의 두목쯤 되어 보이는 듯한 놈은 괴이한 생각이 들었지만 더욱 호기를 부렸다.

"이놈들이 허파에 바람이 들었냐? 너희들은 천하장사 임꺽정이 이름도 못 들어봤냐?"

자기가 임꺽정이라는 도적의 말을 듣고 꺽정 일행은 서로를 쳐다보고 잠시 말을 잊었다.

꺽정 일행이 아무 말이 없자 도적은 씨익 웃었다. 그리고는 칼을 높이 쳐들고 말했다.

"이제야 나를 알겠느냐?"

꺽정 일행은 너무나 어이가 없어 멍하고 있었다. 그때 방중달이 앞으로 나서며 고함을 질렀다.

"야, 이놈들아. 임꺽정이는 바로 나다."

말이 끝나기가 무섭게 방중달이 도적을 한번 쥐어박자 외마디 소리를 지르고는 산모퉁이에 나가 떨어졌다.

"에구구……"

두목인 듯한 놈이 나가 자빠지자 졸개들은 순식간에 줄행랑을 쳤다. 그 꼴을 보던 꺽정이 중얼거렸다.

"별놈들이 다 밤과 낮을 바꾸어 사는구나."

그러자 좀전에 나뒹굴었던 놈이 방중달이 앞에 무릎을 꿇고 빌었다.

"저희들이 그만 장군님을 몰라뵙고…… 죽을 죄를 졌습니다. 무엇하시면 저희 소굴에서 좀 쉬어 가시지요."

도적은 간절히 쉬어갈 것을 청했다. 날도 훤해오고 피

곤하기도 하여 일행은 마침 쉴 곳을 찾고 있던 터였다.

"그럼 아무렇게나 하루 쉬어 갑시다."

서림의 말을 따라 일행은 모두 도적의 소굴에서 쉬어 가기로 하였다.

이 고개의 이름은 앞뒷령이었는데 십여 명의 식구들을 거느리고 있는 두목의 이름은 박돌이었다. 박돌은 앞뒷 령을 넘어다니는 행객과 관원들을 털어가며 살림을 꾸려 가고 있다고 했다.

방중달을 임꺽정인 줄 알고 있는 박돌은 계면쩍은 듯 말했다

"장군께서 워낙 천하 영웅이라 한번 써먹었습니다요."

박돌의 말에 임꺽정과 방중달이 말없이 웃기만 하자 서림이 옆에서 거들어 주었다.

"그쪽이 아니라 이분이 그 천하영웅이신 임꺽정이시 오."

박돌은 두 사람을 이리저리 살피더니 꺽정에게 무릎을 꿇고 머리를 조아렸다.

"영웅을 모시니 크게 기쁩니다!"

몇 번이나 머리를 조아리던 박돌은 졸개 십여 명을 불러 꺽정에게 인사시킨 후 술상을 들여오도록 하였다.

일행은 오랜만에 긴장을 풀고 즐겼다.

하루를 묵은 후 일행이 다시 길을 떠나는데 박돌이 따라나섰다.

"왜 따라오나?"

"……"

"왜 따라오냐구?"

"……"

곽서가 자꾸 다그치자 말이 없던 박돌이 제법 크게 대꾸를 하였다.

"나도 영웅을 모시겠다는데 왜 이리 잔소리요?"

박돌이 대답이 아닌 대꾸를 하자 꺽정이 입을 열었다.

"오는 사람 쫓을 것 없고 가는 사람 붙들 것 없다네."

"그럼요. 그럼요."

박돌은 신이 나서 얼른 대답하고는 꺽정이 일행에 섞여 따라갔다. 꺽정과 함께 간다는 것이 그렇게 즐거운 일이었는지 박돌은 콧노래까지 불렀다.

여웅산에 도착한 것은 앞뒷령을 떠난지 하루가 지나서였다. 그러니까 양주읍내를 도륙낸지 사흘째 되는 밤이었다. 여웅산에서는 잔치가 벌어졌다. 애련에게는 일가친척이나 다름없는 반가운 얼굴들이었다.

꺽정의 처가 애련을 보고 말했다.

"올케가 이런 곳에서 두령 노릇을 하고 있다니 정말 몰랐네."

여웅산 산채에서 여러 날이 흘렀다. 또다시 벌어진 술자리에서 서림이 말문을 열었다.

"여웅산도 좋지만 이제는 우리가 한곳에서 합치는 것이 좋을 듯합니다."

"그것이 좋겠소."

서림의 제의에 여러 사람들이 한꺼번에 소리치며 찬성했다. 말이 없던 곽서마저도 기뻐하며 말참견을 했다.

"어디 좋다뿐이겠소! 하두령, 어떻소?"

하왕동이도 싫은 내색은 없었다. 하지만 한 가지 생각할 것이 있다는 듯이 말했다.

"다름이 아니라 여웅산 여 두령하고 의논을 좀 해봐야겠소."

그 말을 듣고 누군가 놀리기 시작하였다. 뒤쪽에 앉아 있던 꺽정이었다.

"자네 아주 엄처시할세 그려!"

"엄처시하 정도가 아니라 공처시하지요."

방중달이 제법 문자를 썼다. 하왕동은 부끄러운 듯 얼굴이 벌개졌다.

모두들 웃고 떠들면서 희망에 들떠 있었다. 당분간 왕동이 내외는 여웅산에 더 머물었다가 청석골 일이 완전히 자리를 잡힌 후에 떠나기로 결정을 보았다. 더구나 왕동은 청석골에 가기 전에 여웅산 산채 일도 정리해야 했기 때문이었다.

여웅산을 떠나 청석골로 향하는 꺽정이 일행은 이제 박돌까지 끼어 있어 이십여 명이 넘었다.

일행이 청석골에 들어서는데 탑고개에까지 늙은 예가가 나와 있었다.

"이런 망극이 또 없습니다."

예가가 뛰어내려오며 꺽정을 위로하였다.

"할말이 없습니다."

꺽정이 인사의 답을 하는데 그 얼굴이 매우 비감해 보였다.

한편 청석골 도적 떼가 물러간 다음 양주읍내의 포도청뿐만 아니라 경기 감영 전체가 발칵 뒤집혀졌다.

각지에서 도적 떼를 섬멸하라는 유시가 내리었고 도적을 잡는 자에게는 큰 상을 내린다는 방도 여기저기 붙어 있었다.

좌우포청에서 낮잠이나 자고 있던 포교와 포졸들이 전국에 퍼져 쏘다니고 있었다. 그들은 꺽정의 비슷한 사람이면 누구든지 잡아들였다.

나라에서는 개성 유슈(開城留守)에게 명하여 '청석골을 쳐없애 도적의 근심을 제하라'고 명했다.

아닌게 아니라 전임 유수 이강천의 부임 이래 청석골이 큰 두통거리이기는 하였으나 워낙 도적들이 강성하여 감히 감당할 수가 없었으므로 그냥 묵과하고 지내는 터였다.

개성 유수 이룡은 한두 번 사람을 시켜 청석골의 동정을 살펴보기도 했다. 그러나 이미 청석골의 세력은 더욱 창대해져 손을 쓰지 못할 지경이었다. 그래서 이룡은 아랑곳없는 듯 관심을 두지 않았다.

그러던 터에 양주의 임꺽정이가 큰 사건을 일으켜 목사를 죽이고 청석골로 튀었으니 잡아들이라는 나라의 명이 떨어진 것이었다.

이룡은 잠시 생각했다.

"더구나 임꺽정은 나와 호형호제 하는 사이가 아닌가. 하필 꺽정이 형을 토벌해야 된다니."

그러나 이룡은 나라의 명이니 청석골 토벌을 해내지

않을 수가 없었다.

결국 이룡은 군사를 징발해 청석골 토벌에 나섰지만 아무리 생각해도 꺼림칙한 일이 아닐 수 없었다. 그러면서도 이룡은 장부가 한번 칼을 뽑은 이상 물러설 수는 없는 일이라고 생각했다.

'하는 데까지 해보자! 이제 형제간의 싸움이 벌어지는구나.'

드디어 이룡은 청석골을 향하여 돌진했다. 이룡은 청석골을 완전히 포위했다. 이제 청석골 패들은 도망갈 길이 없게 되었다.

이룡은 포위망을 점점 압축하여 들어갔다.

이룡의 토벌 소식을 들은 청석골에서는 의견이 분분하였다. 특히 꺽정은 걱정이 되어 안절부절 못하면서 서림에게 의견을 물었다.

"이룡은 나와 호형호제하는 사이인데 어쩌면 좋겠소?"

서림은 깊은 생각에 잠겨 있었다. 서림이 생각에 잠긴다는 것은 좋은 방법이 나온다는 것과 같았다.

서림은 궁리끝에 입을 열었다.

"피할 수가 없는 일…… 싸워야지요."

"싸워서 무슨 이득이 있겠소?"

"큰 이득이 있습니다."

"어떤 이득이오?"

"좌우간 이득이 크니 싸워야 합니다."

꺽정은 매우 걱정하였으나 서림은 그렇게만 말할 뿐이었다.

청석골 패들은 무기를 들고 관군과 일진일퇴의 싸움을 벌였다. 싸움은 어느 쪽이 우세하달 것 없이 한번 밀리고 한번 밀고 하는 일이 계속되었다. 누구도 승리를 기약할 수 없는 듯했다.

그렇게 싸움이 계속되던 어느 날이었다. 탑고개를 사이에 두고 치열한 전투가 벌어지고 있었다.

갑자기 한편에서 고함 소리가 들려 오더니 장정 십여 명이 이룡의 본진을 습격했다. 이룡이 재빨리 활을 당겨 방중달을 쏘려 할 때 한 개의 표창이 번쩍였다.

"탱!"

날카로운 소리가 들리는 것과 거의 동시에 팽팽하던 이룡의 활줄이 끊어져 버렸다.

이룡이 끊어진 활줄을 수습하지 못하고 있을 때 또 하나의 표창이 날아들었다.

"엇!"

날아든 표창은 바람를 가르더니 이룡의 오른팔에 박히고 말았다. 이룡이 팔을 움켜쥐자마자 돌팔매 하나가 이룡의 얼굴을 때렸다.

이룡은 그만 그 자리에 거꾸러지고 말았다. 그와 동시에 청석골 패들이 한꺼번에 달려들더니 그를 결박하였다.

이룡을 호위하고 있는 포교들은 감히 손을 쓰지 못하고 있었다.

한참 동안 까무라쳐 있던 그가 겨우 정신이 들어 눈을 떠서 사방을 살피었을 때에 분위기가 아주 이상했다.

"여기가 어디지?"

"청석골입니다."

"뭐라고?"

이룡은 머리를 좌우로 흔들고 눈에 촛점을 맞추려고 애썼다. 그 때 임꺽정이 웃으며 이룡을 불렀다.

"여보게, 아우!"

꺽정의 목소리를 듣고 이룡은 몹시 계면쩍었지만 내심으로는 반가운 기색이 흘러 나왔다.

"꺽정이 형님 아니시오?"

"미안허이."

"……."

"용서하게, 아마도 운명인 듯싶네."

"그런가 봅니다. 단지 제 소실이 걱정입니다."

"염려 말게. 사람을 보냈으니 오늘 내일 중으로 모시고 올걸세."

"형님."

청석골에서는 이번 싸움에서 승리하였을 뿐만아니라 천하명궁 이룡을 얻게 되었다.

산채에서 잔치가 벌어졌다. 모든 장사들이 취의정에 모여 시간이 가는 줄도 모르고 먹고 마시며 즐거워 야단들이었다.

맨 위에 예가와 꺽정이 자리를 하고 있었고, 그 다음에 이룡, 방중달, 탁기성, 기돌쇠, 최오돌, 양천석, 양백석, 마중손, 편달쇠, 곽서, 양혜련, 서림 등이 주욱 둘러앉아 있었다.

"여러분께 할 말이 있소."

그중 나이 많은 예가가 앞으로 나서며 입을 열었다. 모두의 시선이 예가에게 쏠렸다.

"청석골이 오늘과 같이 이렇게 번창하게 된 것은 모두 여러분과 또 임 두령의 덕분입니다. 제가 이 산 속에 들어와서 홀로 살기 시작했을 때는 저와 저의 아내와 심부름하는 두 계집아이뿐이었는데 오늘은 우선 두령만도 십여 명에 모두 다 천하의 영웅호걸들이시니 실로 격세지감을 느끼지 않을 수 없습니다."

예가는 잠시 말을 끊더니 헛기침을 한번 하였다.

"흠, 그전에 우리 영웅호걸들을 하늘이 벌써 아셨던지 호피를 서른석 장을 주신 일이 있습니다. 그것을 지금 여러분께 분배하여 드리겠습니다."

예가가 말을 마치고 일어서며 손뼉을 한번 치자 졸개 두 사람이 호피 서른석 장을 받들고 서 있었다.

예가가 좌중을 둘러보다가 꺽정을 바라보았다.

"여기 백호(白虎)의 가죽과 제일 큰 호피 두 장은 임 두령의 것이오."

모두들 박수를 치고 좋아했다. 예가는 두령들 한 사람마다 호피를 분배했다.

"한 장은 두령들께서 까시고 한 장은 부인들에게 드리도록 하십시오. 그리고 여기 남은 호피는 여웅산 하 두령과 나 두령의 것입니다."

예가의 말이 끝나자 곽서와 돌쇠가 이제야 생각난 듯이 입을 열었다.

"참 왕동이가 있었지."

그러자 눈치 빠른 서림이 인심좋게 말했다.

"여웅산 사람들을 아주 이리로 옮겨 오게 하는 것이 어떻습니까?"

서림의 말이라면 고깝게 여기기만 하던 곽서도 기다린 듯이 찬성했다.

"좋은 말이야. 쇠뿔도 단김에 빼랬다고 어서 서두르지."

그 때 양천석이 나섰다.

"제가 오늘 여웅산에 다녀오겠습니다."

양천석과 양백석은 왕동을 데리러 여웅산으로 길을 떠났다.

편달쇠와 연이

개성 유수가 청석골 도적 소굴로 들어갔다는 소문은 민심을 크게 흔들고 있었다. 그것은 나라 안에서도 커다란 문제가 되었다.

윤원형이 임금께 주달하여 그 날로 이조 판서와 경기 감사가 목이 달아났다. 한양은 물론 시골의 곳곳까지 포교와 사령들이 돌아다니고 있었다.

그러나 청석골은 한양 대가가 부럽지 않을 정도로 점점 화려하게 변해 갔다. 사람이 있으면 일이 되는 법이요, 또한 사람이 많으면 일을 이루는 법이었다.

청석골 넓은 골짜기에는 기와집, 초가집들이 즐비하게 들어차게 되었다. 날이 갈수록 청석골엔 조선 팔도의 온 갖 도적들이 모여들었다. 살인자, 백정, 중, 부랑자, 난봉

꾼, 심지어는 무당, 한의, 목수, 대장장이, 미장이 등이 있는가 하면 정승, 양반들까지 모여 살게 되었다.

청석골은 날로 번성하여 온 산채가 시끌벅적했다. 그리고 청석골 사람들은 누구나 온갖 훈련을 매일 받으며 생활했다.

청석골은 완연한 도적들의 제왕으로 군림했다. 이웃의 크고 작은 도적 떼들은 감히 청석골 근처에는 얼씬하지 못하였다.

청석골은 이미 황해 감영이나 평안 감영의 골치거리가 아니었다. 온 조정의 골치거리였다. 청석골은 이렇듯 자리를 잡아 나갔다.

그러나 편달쇠만은 마음 한구석이 편치 않았다. 편달쇠는 미처 평양에 두고온 아내를 데려오지 못했기 때문이었다.

달쇠는 일찌기 술을 마시면 계집이 따라야 하는 것이 당연한 사람이었다. 출세할 기회가 많았지만 그 호색한의 기질 때문에 아직껏 큰일을 못한 것도 사실이었으니 그 모습이 여간 쓸쓸해보이는 것이 아니었다.

여색이라면 사족을 못쓰는 달쇠였다. 그러한 위인이 여지껏 홀아비로 지내고 있으니 환장할 노릇이었다. 그나마 참고 지내고 있는 것은 청석골에 대한 의리 때문이지 달쇠의 억제력 때문이 아니었다.

"제기랄!"

달쇠가 그 소리를 낼 때면 청석골 사람들은 이렇게 말했다.

"옳지, 달쇠가 또 무슨 암내를 맡았군!"

그런 편달쇠이기에 한 달에 몇 번 있는 송도나 한양 등지로 도적질을 갈 때 결코 빠지지 않았다. 그런 때면 칼과 창으로 유부녀를 위협해 한두 번씩 욕구를 채우고는 기분좋은 듯 돌아오곤 하였던 것이다.

"제기랄!"

달쇠가 누워 있다가 못참겠다는 듯이 벌떡 일어서며 소리를 냈다. 그 소리가 나기만 하면 그날은 꼭 무슨 일이 일어나는 법이었다.

달쇠는 문득 한 여인의 얼굴을 떠올렸다.

"연이."

달쇠는 표 참봉의 맏딸 연이가 한없이 그리웠다. 표참봉은 청석골에서 문서 꾸미는 일을 맡고 있는 위인이었다. 청석골의 살림이 늘어나자 꾸미고 정리할 줄 아는 사람이 필요하였던 터에 양반 출신에 글줄이나 아는 표 참봉이 그 일을 맡게 된 것이었다.

표 참봉도 한때는 달쇠에 버금갈 정도로 색을 좋아하는 위인이었다. 그가 송도에서 살았을 때의 일이다.

홀아비 표 참봉에겐 아들이 하나에 딸이 둘 있었다. 아들은 일찍 장가를 들었다가 그만 삼십이 못되어 병으로 죽고 말았다.

큰아들이 젊은 종을 소실로 데리고 있었는데 아름답고 예뻤다. 어찌 된 일인지 며느리도 일 년을 넘기지 못하고 불귀의 객이 되자 큰아들의 소실이 표 참봉의 수발을 떠맡았다.

표 참봉이 소실이 된 종년을 쳐다보는 눈빛이 예사롭지 않았다.

"꿀꺽, 정말 고운 자태다. 저걸 그냥 두다니."

날이 갈수록 표 참봉은 숨이 막혀 죽을 지경이었다. 하루하루가 소실 생각에 괴로워서 미칠 것 같았다. 이불 속에 들어가 눈을 감으면 잠이 오지 않았다.

한방 건너에서 흘러나오는 젊은 소실의 숨소리에 뜬눈으로 밤을 세우는 일이 많아졌다.

그러던 어느 날 달밝은 밤이었다. 표 참봉은 가슴이 답답하여 술을 마셨다. 한잔 두잔 술을 먹다 보니 어느덧 거나해졌다.

표 참봉은 술기운과 함께 올라오는 색정을 도저히 견딜 수 없었다.

표 참봉은 안방 문을 조심스레 열었다.

"월순이 있느냐?"

큰아들의 소실 이름이 월순이였다. 자신이 부리던 종이었는데 큰아들의 소실이 된 것이었다.

"월순아."

"……"

아무 대답이 없자 표 참봉은 좀더 크게 불렀다.

"애, 월순아."

"누구세요."

그제서야 월순의 음성이 들렸다. 표 참봉은 가슴이 쿵쾅거리기 시작했다.

"나, 나다. 나야."

"이 밤중에 어인 일이세요?"

"오냐, 술 한상 차려 오너라."

월순은 졸음을 거두면서 술을 한상 차려다가 마루 위에 놓고 자기 방으로 돌아가려고 하자 표 참봉이 다시 불러 세웠다.

"월순아."

"예."

"거기 좀 앉거라."

"……?"

"달이 너무 밝구나. 좀 앉으래두."

"예."

영문을 모르겠다는 얼굴로 월순은 앉았다. 표 참봉은 아무 말도 하지 않고 그냥 술만 몇 잔 마시더니 달빛에 물든 월순의 얼굴을 바라보았다.

"월순아, 이리 온."

"네?"

"이리 가까이 좀 와."

"왜 그러시는지요?"

"가까이 오라니까."

"……"

월순은 말이 없었다. 표 참봉은 이미 술기운이 올라 자신을 어떻게 자제할 수가 없을 것 같았다. 표 참봉이 월순 곁으로 다가가 손을 덥석 잡았다.

"놓으세요. 이러시면……"

"어때서 그러나."

"안 돼요."

"월순아."

"……"

"월순아."

표 참봉은 더 이상 주체하지 못하고 월순을 끌고 안방으로 들어갔다.

"이게 무슨 짓이에요?"

"상관 있느냐."

"……"

"너도 외롭고 나도 외롭다, 월순아."

"……"

"단 한번 만……!"

"……"

"월순아, 용서해라. 단 한 번만이다."

"……"

표 참봉은 월순의 입술을 더듬었다. 월순은 덜컥 겁이 났지만 표 참봉은 하늘같은 시아버지요, 어른이었다.

월순은 고개를 가로저을 뿐이었다.

"이러시면, 안 돼요."

"왜 이러느냐?"

"안 될 일이에요."

"허 참!"

"안 됩니다."

아무리 입을 덮쳐도 월순은 고개를 가로저으며 안 된다고 하였다. 그러나 큰 소리를 지르지 못했다.

표 참봉은 이제 더는 참을 수가 없어 월순을 바닥에 눕히고 올라탔다. 월순은 눈을 질끈 감았다.

"아, 이러시면 안 돼요."

"월순아."

"……"

"용서해라."

"……"

표 참봉은 손을 아래로 놀려 월순의 치마끈을 풀었다. 그리고 더듬기 시작했다. 의외였다.

월순은 입술을 덮칠 때와는 달리 아래를 만지자 아무런 반항이 없었다. 월순의 목소리가 떨렸다.

"이제……"

"뭐냐?"

"이번 한번만입니다. 다시는 아니됩니다."

"오냐, 오냐. "

"정말이지요?"

"오냐."

표 참봉은 숨이 가빴다. 서둘러 바지를 까내리더니 월순의 다리를 벌렸다.

월순은 사타구니가 갑자기 뜨거워지는 것을 느꼈다. 남편의 그것이 들어오던 곳에 표 참봉의 그것이 들어왔다. 천지간에 이렇게 못된 일이 또 있으랴.

처음, 월순과의 약속과는 달리 그 일은 한 번으로 그치지 않았다. 한번 맛을 들이자 표 참봉은 술만 취하면 월순을 불러댔다.

"월순아."

이제는 하나의 습관이 되어버린 것이다. 또 그 며느리도 며느리였다. 자기를 부르는 시아버지의 목소리가 하루라도 들리지 않으면 섭섭할 지경이 되었다. 사람이 이럴 수가 있나 하던 월순도 이제는 달라졌다.

"아무려면 어떠랴."

월순은 오히려 밤만 되면 얼굴에 홍조를 띠며 시아버지가 불러주기만을 기다리게 되었다.

이제 아들의 소실이 마누라로 둔갑하였다.

그렇게 몇 달이 지났다. 표 참봉이 시골에 일이 있어 먼길을 떠났다가 십여 일 만에 집에 돌아왔다. 보고싶었던 것은 어린 두 딸이 아니었다. 마누라가 된 월순이였다.

그런데 그 며느리가, 아니 마누라의 눈치는 별로 반가운 기색이 아니었다. 표 참봉은 수상한 기분이 들었다.

"그 동안에 무슨 일이라도 생겼는가?"

방에 들어와 누워도 도대체 영문을 알 수가 없었다.

'밤이 되면 며느리 방으로 들어가 보리라.'

표 참봉은 크게 마음을 졸이면서 밤이 되기만을 기다렸다. 그러나 시간은 더디게만 지나 아직 초저녁이었다.

표 참봉이 참다 못해 밤이 깊기도 전에 며느리 방으로 들어가려고 할 때였다.

며느리 방에서 소근대는 소리가 들려 왔다.

"그만 가세요."

"딱 한번만 더."

"시아버지가 알면."

"알긴 어떻게 알아?"

"그럼 빨리……"

월순과 씨근덕거리는 목소리는 사내의 목소리가 분명하였다.

표 참봉은 기가 막혔다. 그 사내의 목소리는 다름아닌 자신의 조카였다. 한숨이 저절로 흘러나왔다. 누구를 탓하랴. 표 참봉은 자신의 나들이가 너무 길었음을 탄식할 뿐이었다.

"그래, 떠나자. 딸들만 데리고 떠나자. 너희 둘이 잘 살아라."

표 참봉은 야릇한 질투심이 없는 것은 아니었지만 갑자기 산다는 것이 허무해졌다. 표 참봉은 두 딸을 데리고 그길로 청석골에 들어갔다. 그것이 삼 년 전의 일이었다.

표 참봉은 커가는 두 딸을 보면서 옛날에 저지른 월순과의 불륜을 후회하고 있었다.

그날 밤은 일이 밀린 표 참봉이 늦게까지 집에 돌아가지 못하고 있었다.

술이 거나한 달쇠는 표 참봉의 맏딸 연이가 더욱 그리워졌다. 바로 이웃에 집 한 채를 사이에 두고 살고 있었기 때문에 생각이 더욱 간절했다.

술이 거나해진 편달쇠는 표 참봉 집 앞에서 서성이다가 연이를 불렀다.

"연아."

"연아."

대문 앞에서 편달쇠가 서너 번이나 연이를 불렀는데 아무 대답이 없었다.

"웬일일까?"

달쇠는 안으로 슬그머니 들어갔다. 인기척에 놀란 연이는 그제서야 나왔다. 배시시 웃는 연이의 얼굴은 달쇠의 눈에 천하 제일의 미인으로 보였다.

정말 연이는 빼어난 미인이었다.

"웬일이세요?"

눈이 부신 듯 연이의 얼굴을 쳐다보던 달쇠는 다짜고짜 물었다.

"지금 몇 살이냐?"

"……"

"어른이 묻는데 왜 대답이 없느냐?"

"……"

"대답해라."

"열아홉이예요."

"음."

편달쇠의 눈이 번뜩거렸다. 달쇠는 다시 조용히 물었다.

"아버님은 지금 안 계시냐?"

"아직 안 돌아오셨습니다만."

"그래?"

"오늘 밤엔 못 오실지도 모르신다고."

"그럼 마침 잘 되었다."

"......?"

무엇이 잘 되었다는 말인지 연이는 알 수가 없었다. 갑자기 달쇠가 뻔뻔한 얼굴로 돌변했다.

"입술 한번 맞출까?"

"......"

"한 번만 맞춰보자꾸나."

편달쇠는 덥석 연이의 손목을 잡았다. 연이는 몸을 후둘후둘 떨었다.

"이게 무슨 짓이에요?"

"왜? 네가 이뻐서 그런다."

"......"

"예뻐서 그런다니까."

"......"

"얘, 연아!"

"......"

"허허, 이제 다 컸구나."

"이게 도대체 무슨 짓입니까?"

편달쇠는 막무가내로 연이를 안으려 하였다. 그제서야 연이는 빠져나가려고 안간힘을 썼다.

"너 오늘 밤 내 수청을 들어라."

편달쇠가 손을 풀지 않고 연이를 윽박질렀다. 연이는 아무 대꾸도 없이 그저 얼굴만 파르라니 떨고 있었다.

"방으로 들어가자!"

달쇠는 연이를 끌고 방으로 들어갔다. 방에는 아무도 없었다.

"안성맞춤이다."

"……"

"이쪽으로 누으렴!"

"……"

편달쇠는 이제 막나가고 있었다. 연이는 말을 하지 못하고 눈만 흘겼다. 밖에는 벌레 소리만 요란하게 들렸다.

"누으라니까!"

"……"

편달쇠를 노려보던 연이가 갑자기 배시시 웃었다. 웃는 연이는 아름답기 그지없었다.

편달쇠는 갑작스런 연이의 태도에 어리둥절해졌다.

"누으렴!"

달쇠가 약간 부드러운 소리로 말했다. 그런데도 연이는 배시시 웃기만 하였다. 몸이 달아오른 달쇠가 끌어안아 품으려 하자 연이는 재빠르게 빠져나왔다.

"어딜 가는거냐?"

"덮을 걸 가지고 오겠어요."

"응? 그래, 그래야지."

아랫방에서는 아무런 인기척도 나지 않았다. 연이의 동생이 깊은 잠에 빠졌는지 고른 숨소리만이 아련히 들려 왔다.

방에 누워있는 달쇠는 내심 흐뭇했다. 그러나 금방 올 것 같던 연이가 빨리 오지 않자 달쇠는 초조하여 연이를 불렀다.

"연아."

"갈게요."

방안으로 연이가 들어왔다. 그리고 희한한 일이 벌어졌다. 연이는 방에 들어서자마자 달쇠의 배위에 올라타는 것이었다. 달쇠는 이 돌발적인 사태가 마냥 행복했다.

"여보."

연이가 달쇠를 불렀다. 여보라니. 달쇠는 정신을 잃을 지경이었다.

"응?"

달쇠는 눈을 게슴츠레 뜨고 연이를 올려다보았다. 순간 달쇠는 깜짝 놀랐다. 달쇠의 가슴팍 위에서 시퍼런 비수가 빛나고 있었다.

"이, 이게 무슨 짓이냐?"

"……"

"대체 이게 무슨 일이야?"

"……"

"응?"

"댁은 사람을 그렇게 대우합니까?"

연이가 그 고운 눈을 부릅뜨고 달쇠를 다그쳤다.

"누굴, 누굴 어쨌다고."

"생각해 보세요."

"대관절 뭘?"

"당신이 사람을 사람 대접 했소?"

"내가 너를 사람 대접 안한 건 또 뭐냐?"

"양가의 처녀를 보고 수청을 들라는 게 무슨 소리요?"

"오라!"

"그게 사람 대우난 말예요?"

"그건 내가 잘못했나 보다."

"편 두령만 사람이오?"

"그래 그래, 내가 잘못했다."

"졸개도 사람이고 졸개의 딸도 오장육부가 버젓한 사람이예요."

"그럼."

"사람이 왜 그 모양이오."

"무엇이 또 잘못되었느냐?"

"잘못이 아니면 뭐란 말예요."

"뭐가?"

"우리 아버님께 정식으로 청혼할 것이지 이게 무슨 쌍스런 짓이오?"

"얘야, 이게 왜 쌍스러운 짓이냐?"

"그럼 쌍스럽지 않고."

"네가 귀여우니까 그러지."

"내가 그렇게 귀여워요?"

"그럼 귀엽다마다."

"그렇다면 옷고름에 매듭을 짓고 천지신명께 맹세를 하오."

"그야 어렵지 않다."

"그럼 해보세요."

"그래 그런데 칼은 치워야 맹세를 할 것 아니냐."

"칼을 놓으면 또 무슨 짓을 하려고."

"그러면 내가 네 칼이 무서워서 맹세를 해야 한다는

말이냐?"

"……"

"어서 내려 놓아라."

"……"

"어서."

"아무래도 당신을 못믿겠소."

"제발."

"……"

연이는 말끝을 흐리더니 아무 말도 하지 않았다. 결국 옷고름에 매듭을 짓고는 달쇠가 물었다.

"이제 어떻게 하면 되느냐?"

"연이를 아내로 삼아 한평생을 잘 살겠습니다 라고 하세요."

연이는 얼굴을 붉혔다. 달쇠는 연이가 시키는 대로 눈을 감고 천지신명께 비는 시늉을 했다.

"'연이를 아내로 삼아 한평생을 잘 살겠습니다.' 이만 하면 되었느냐?"

대답은 없고 연이는 고개를 끄덕여 보였다. 그러더니 연이는 옷고름에 매듭을 짓고는 빌었다.

"편 두령의 아내가 되어 한평생을 어김없이 잘 살겠습니다. 만일 그렇지 않다면 자결하여 죽겠습니다."

이렇게 두 사람의 맹세가 끝나자 연이는 칼을 버리고 달쇠의 배 위에서 내려 왔다.

"요 깜찍한 것아."

"죄송해요."

"죄송할 거야 없다. 내가 먼저 잘못을 했으니까."

달쇠는 수줍어하는 연이의 허리를 으스러져라 끌어안으며 소근거렸다.

"아주 똑똑하다. 정말 곱기도 하구나."

"그렇게 제가 예쁘세요?"

"말이라고 하느냐?"

"아이……"

"근데 오늘 저녁 맹세까지 했으니 우리 아주 일을 치르자."

"어떻게요?"

"옷을 벗겨야지."

"아이 흉해."

"저고리부터."

"아이……"

연이는 부끄러워서 몸둘 바를 몰라 했다.

"혼례식도 올리기 전에 이러시면 싫어요."

"매듭까지 짓고 맹세했는데."

달쇠는 더욱 몸이 달아올라 참을 수가 없었다.

"그냥 오늘은 이렇게 끌어안기만 하세요."

"그야 안으면 입맞춰야 하고 입 맞추면 그냥 있을 수가 있느냐. 사람 대우가……"

"무슨 사람 대우를 거기다 갖다 붙이세요?"

"사람 대우를 잘못하면 또 위험할까 봐 그런다."

"아이 참."

"왜 내 말이 틀렸느냐?"

"호호호……"

"왜 웃느냐?"

"참, 덮어씌우기도 잘 하시니 말이예요."

"그러지 말고."

"뭐요?"

"옷을 벗자꾸나."

"혼자 벗으시구려."

"나 혼자 벗어 무얼하겠느냐?"

"아이, 흉칙해."

"어서……"

달쇠는 연이를 끌어안고 저고리를 벗기기 시작하였다. 달쇠의 몸은 뜨거울 정도로 달아올랐다. 술은 점점 깨었지만 욕정은 더욱 불붙기 시작하였다.

달쇠는 더욱 안간힘을 쓰는 연이의 옷을 하나씩 하나씩 벗겨 갔다. 하나가 벗겨졌을 때와 또 둘 셋이 벗겨졌을 때의 연이의 몸과 얼굴은 더욱 붉어지고 있었다. 처음과는 달리 연이는 불안과 초조함이 엷어져 갔다.

"아이, 난 몰라."

달쇠의 숨이 점점 가빠지고 있을 때 연이는 또다시 앙탈을 부리기 시작했다.

"어떻게 해야 하는지 모르겠어요."

달쇠는 거친 숨을 고르면서 말했다.

"뱃속에서부터 배워서 아는 사람은 아무도 없다. 다 이렇게 배우는 법이지."

연이는 달쇠의 숨소리가 자꾸 높아지자 다시금 두려움

이 앞서는 모양이었다.

"아이, 난 몰라요."

연이는 더욱 몸을 뒤틀며 떨었다. 달쇠는 마음이 급했지만 더욱 부드러운 손길로 연이를 쓰다듬었다.

"아, 이럼 안 돼요."

달쇠가 연이의 마지막 옷을 벗겼을 때 연이는 있는 힘을 다해 몸을 뒤틀며 반항하였다. 그러자 달쇠는 연이를 강제로 다룰 것이 아니라고 생각했다. 타일러가며 부드럽게 다루어야겠다고 마음을 고쳐먹었다.

달쇠는 다정한 목소리로 연이를 불렀다.

"연아."

"예."

연이의 목소리가 떨렸다. 달쇠는 연이의 얼굴을 부드럽게 감싸며 입을 맞추었다. 연이도 입 맞추는 것이 싫지는 않은 것 같았다.

두 사람은 한참 동안 입을 맞추며 서로의 입술을 빨았다.

"숨막혀요."

연이는 숨을 할딱이며 말했지만 달쇠는 더욱 뜨겁게 입맞춤을 계속했다. 그렇게 하노라면 연이의 두려움도 사라질 것 같다고 달쇠는 생각했다.

"숨차, 이제 그만."

"입을 오래 맞추어야 고운 아기를 낳는 법이란다."

"호호호."

연이가 웃는 것을 보니 어느새 두려움이 덜한 모양이

었다. 연이는 달쇠를 나즉히 불렀다.

"편 두령님."

"응?"

달쇠가 연이의 눈을 바라보았다. 연이의 눈은 촉촉히 젖어 신비한 광채를 내고 있었다. 달쇠는 연이를 꼭 끌어 안았다. 달쇠가 바라는 것은 바로 연이의 그런 눈빛이었다.

"연아."

애절한 목소리로 연이의 이름을 부르더니 달쇠는 연이의 젖가슴을 더듬었다. 우윳빛이 나는 연이의 젖가슴은 알맞게 솟아 있었다. 복숭아 꽃 같은 젖꼭지가 앙증맞게 올라와 있었다.

달쇠는 행여 깨질세라 부드럽게 어루만졌다.

"아이 간지러워."

"간지러움을 많이 타면 인정이 많다고 한단다."

"호호호."

연이의 젖가슴은 막 피어난 꽃봉오리 같았다. 달쇠는 그 꽃봉오리에 입을 갖다 대었다. 그리고는 천천히 빨기 시작했다.

"아이, 어린애처럼."

"따지고 보면 다 어린애지."

"호호호."

달쇠는 자꾸 마음이 급해졌다. 달쇠의 손이 연이의 엉덩이를 어루만지기 시작했다.

"아이, 망칙해."

"뭐가 망칙하냐."

"남의 엉덩이는 왜 만지세요?"

"그게 내 엉덩이지 어째서 남의 것이냐?"

"아이 망칙해라."

"부부는 한몸이라 했거늘."

"아직 혼인도 하지 않았는데 뭐가 한몸이에요?"

"지금 이게 혼인식이다."

"아이, 참."

연이는 간지러운듯 몸을 꼬며 말했다.

"아이, 그만 주무르세요."

"조금만 더."

"아이, 징그러워."

달쇠는 입으로는 젖가슴을 빨아댔고 손으로는 엉덩이를 주물렀다. 부드럽게 또 강하게.

"어머, 이건 또 무슨 짓이람."

"……"

"아이, 싫어요."

"이래야 하는 거란다."

"아이 싫다니까요."

"좋지, 싫긴."

"아이……"

이윽고 달쇠가 연이의 배꼽 근처를 살살 쓰다듬자 연이는 달아오른 듯 몸을 꼬기 시작했다.

"됐어."

"뭐가요?"

"더욱 예뻐진다."

"······"

"네가 아주 선녀처럼 예뻐지는구나."

"······"

"그래, 됐어 됐어."

"아이, 자꾸만······ 뭐가 됐다고."

"이래야 하는 법이야."

"······"

무슨 영문인지 연이는 알 수가 없었다. 하지만 연이의 온몸은 열에 들 뜬 것 같았다. 달쇠의 눈빛은 불꽃처럼 타고 있었다.

두 사람은 무엇을 더하지 않고서는 도무지 견딜 수 없다는 것을 서로 느끼고 있었다.

"아아······"

연이가 촉촉한 눈으로 달쇠를 바라보자 달쇠는 연이의 허리를 으스러지게 껴안았다.

"연아."

"예."

"연아."

"······"

"지금도 내가 무서우냐?"

"······"

"말해 봐라."

"안 무서워."

"바로 그거다."

"뭐가요."

"그거란 말이야."

"알 수가 없어요."

"사내를 무서워하면 안 돼."

"그런가요?"

"그렇고말고."

"아이……"

어느새 연이는 달쇠의 깊은 가슴 속으로 자꾸 기어들었다. 연이는 자꾸 정신이 혼미해져 갔다.

"이젠 나보다 낫다."

"뭐가요?"

"이것이 사람된 당연한 도리다."

"……"

"이제 나를 원망하지는 않을 것이다."

"뭘요?"

"자 보라니까."

달쇠는 한 손을 연희의 엉덩이 사이로 옮겼다. 연이의 가장 순결한 곳에 달쇠의 손이 더듬어 내려가고 있었다.

"어머!"

연이는 부끄러웠다.

"가만히 있거라."

"음."

"가만히 있으래두."

"……"

"가만히 있어야 하는 거란다."

"그래도."

"이렇게 자꾸만 해두어야 덜 고생이 되는 거야."

연이의 얼굴에 두려운 빛이 번졌다.

"겁낼 것은 없어."

"……"

"다 이런 거란다."

"……"

"괜찮다."

"난 몰라요."

"내가 가르쳐 주지."

달쇠는 연이의 온몸을 혀와 입술로 더듬어 갔다. 달쇠의 혀가 연이의 몸에 닿을 때마다 연이는 얼굴을 찡그리며 움찔움찔했다.

"이건 또 뭐예요?"

"네 살결이 하도 고와서."

"아이."

"백옥같다더니 바로 네가 그렇구나."

"그만 하세요."

"무얼?"

"지금 하는 것."

"……"

달쇠는 연이의 머리 끝부터 발가락까지 핥아 내려갔다. 연이의 몸에서는 향내가 나는 것 같았다.

"아이, 간지러워 죽겠네."

달쇠는 다시 연이의 얼굴을 바라보았다. 연이의 눈은

이미 어떤 것에 목마른 듯한 눈이었다.

촛점이 흐려 있는 연이의 눈에 축축한 물기가 배어 있었다. 달쇠는 연이의 입술에 가볍게 입을 맞추어 주었다. 그리고 다시 젖가슴을 핥기 시작하더니 점점 아래로 더듬어 내려갔다.

"아흐흠."

달쇠의 혀가 연이의 아랫께에서 움직였을 때 연이는 신음 소리를 냈다. 연이는 어느새 축축하게 젖어 있었다. 가녀린 신음 소리만 낼 뿐 연이는 아무 말도 할 수 없었다.

한참 동안 연이의 허벅지 사이에 있었던 달쇠가 숨을 들이마시더니 연이의 몸 위로 올라갔다.

"괜찮다. 무서울 것 없어."

"아……"

"다 이러는 거야."

달쇠는 오른손으로 연이의 무릎을 열었다.

"아아……"

연이는 아랫입술을 깨물었다. 아무리 곱게 다루어도 여인에게 있어 첫날밤은 아픈 모양이었다.

연이는 엉덩이를 뒤로 빼려고 하였다. 달쇠는 호흡을 한 번 늦춘 다음 지그시 눌렀다.

달쇠는 서두르지 않고 몸을 움직였다. 얼마쯤 지났을까 연이는 몸을 움찔하더니 와락 달쇠의 허리를 끌어 안고는 발끝을 쭉 뻗었다.

"연아."

"네."

"좋지?"

"……"

연이의 얼굴은 뜨겁게 달아올라 있었다. 연이는 비로소 남자를 알게 되었다고 생각했다. 부끄러워 달쇠의 얼굴을 쳐다보지 못하던 연이가 달쇠의 가슴을 만지면서 말했다.

"아이, 이 땀좀 봐."

"너도……"

"전 괜찮지만……"

"허허. 이젠 서방 생각을 다하고."

"아이, 서방이 뭐예요?"

"서방이 서방이지."

"남편이면 남편이지."

연이는 땀으로 범벅이 된 달쇠의 몸을 자신의 보드라운 속옷으로 닦아 주었다.

"옷고름 명심해요."

"오냐."

"매일 이렇게 만났으면."

"벌써 성화로구나."

달쇠는 마음이 흡족했다. 연이의 얼굴도 만족한 듯이 보였다.

"이제 그만 돌아가세요."

"왜?"

"늦게라도 아버님이 돌아오시면 어떡해요?"

"그렇구나."

달쇠는 섭섭한 듯이 연이를 힘껏 안아주었다. 그러자 연이가 달쇠의 입에 입술을 갖다 대었다. 섭섭하기는 연이도 마찬가지였다.

취의정 아침 회의에도 참석하지 못한 채 달쇠는 혼곤히 잠에 떨어져 있었다. 해가 중천에 떠 있는 데도 달쇠가 보이지 않자 꺽정은 박돌을 시켜 편달쇠를 불러오라고 했다.

잠시 후, 달쇠가 아직도 잠이 부족했는지 충혈된 눈으로 취의정에 들어섰다. 꺽정이 달쇠에게 물었다.

"밤새 무얼 했느냐?"

달쇠가 말을 제대로 하지 않고 쭈뼛하고 있자 서림이 관상을 보고 말했다.

"아마 편 두령이 그냥 있지는 않았겠지."

서림이 말을 마치자 중달이가 한마디 더 붙였다.

"월궁에 갔다 왔소?"

"음, 월궁엘 갔었네."

"그래 선녀가 있었습니까?"

"그럼 만나고 왔네."

"저런!"

그런 말들을 하고 있는데 바로 연이네 옆집에서 살림을 하고 있는 양천석이 들어왔다. 천석은 달쇠를 보더니 히죽 웃었다.

"오오 편 두령 잘 만났소."

"……"

"왜 얼굴을 못드나?"

"……"

"죄를 짓기는 단단히 졌구만."

양천석의 말에 여러 두령들의 시선이 일제히 편달쇠에게 쏠렸다. 여러 두령들은 궁금해서 못견디겠다는 표정들이었다.

달쇠가 할 수 없다는 듯이 입을 열었다.

"내가 여러분께 드릴 말씀이 있소. 창피한 얘기지만 내가 지난밤에 표 참봉의 맏딸 연이와 상관이 되었습니다."

달쇠는 어렵게 얘기를 털어놓고는 금세 고개를 떨구었다.

세 번 훔치다

밤이 되었다. 밤 늦게까지 신랑을 매다는 소리가 청석
골에 시끌벅적했다.

"저 도둑놈을 매우 쳐라!"

"내가 무슨 도둑놈이오?"

"남의 집 규수를 훔쳤으니 도둑놈이 아니냐?"

달쇠가 대들보에 매달려 발바닥에 육모방망이 찜질을
받고 있었다.

"아이쿠."

장가가는 것이 결코 쉬운 것은 아닌 모양이었다. 달쇠
는 거의 삼경이 되어서야 육모방망이 찜질을 면하게 되

었다. 그래도 달쇠는 좋기만 한지 그 즉시 신방에 들었다.

신방에 화촉이 밝아 있었다. 그러기를 기다렸다는 듯이 문밖에서는 모두 문구멍을 뚫어놓고 달쇠와 연이의 첫날밤을 구경하고 있었다.

여러 두령의 부인네들도 역시 그 문구멍에 매달려 킬킬대었다.

곽서가 최오돌을 보더니 말을 건넸다.

"우린 아예 근처에도 가지 맙시다."

"하긴 우리같은 홀아비들이야 볼수록 심사만 뒤틀리지."

"날 때 나더라도 한번 보기나 할까?"

"글쎄, 그럴까?"

곽서가 먼저 문구멍으로 들여다보다가 자기도 모르게 소리를 냈다.

"어?"

"뭔가?"

오돌이 문에 붙어 자세히 보니 달쇠가 지금 마악 거사 직전에 있었다. 신부의 옷을 다 벗기고 황홀한 듯 신부의 몸을 바라보고 있었다. 그러더니 달쇠가 신부를 자리에 뉘었다.

"아이쿠! 죽겠다."

"저런!"

두 홀아비는 미치겠다는 듯이 방안을 들여다보았다.

연이가 달쇠를 불렀다.

"나 좀 더 꼭 안아줘요."

"그래."

달쇠가 연이를 안고 나뒹구는 것을 보는 두 홀아비는 환장할 지경이 되었다.

오돌이는 더 이상 못보겠다는 듯 얼굴을 찡그렸다. 그 때 방안에서 촛불이 꺼졌다.

오돌과 곽서는 심사가 뒤틀려서 밤새도록 술을 마셨다. 첫닭이 울 무렵에야 술자리를 파하고 일어섰지만 오돌은 머릿속에서 계집 생각이 지워지지 않았다.

"어디 헌 계집이라도 있었으면."

오돌은 술이 취해 집으로 돌아가는 길이 멀게만 생각되었다. 돌아가는 길에 신방을 훔쳐보니 달쇠와 연이는 아직도 한참이었다.

오돌은 무연히도 그 짓을 훔쳐보고 있었다.

"저런! 위로 옆으로 뒤로 정신이 없구나."

갑자기 오돌에게 외로움이 엄습했다. 본시 기운이 장사인 오돌이었다. 겨울 추운 방안에서 혼자 자기만 하여도 방안이 훈훈해 오는 그였다. 그만큼 오돌의 몸은 불가마였다. 얼음도 녹일 수 있는 불같은 몸뚱이었다.

"에라, 모르겠다."

오돌은 한번 기침을 하고 돌아섰다. 그리고는 곰곰히 생각해 보았다.

'더 이상은 참을 수 없다. 나도 가야지. 계집이 있는 곳으로 가서 실컷 하고 돌아와야겠다.'

오돌은 결심을 했는지 밤 하늘 아래에서 혼자 웃었다.

결국 하룻밤을 자고 난 다음 오돌은 청석골에서 자취를 감추고 말았다.

달쇠가 신혼 초야를 꿀처럼 달게 지내고 난 다음 날 청석골에는 일대 소동이 일어났다.

오돌이 없어진 것이다.

"최 두령이 색에 미쳐 달아났다."

두령들이 모두 떠들고 있을 때 최 두령을 섬기던 졸개 하나가 숨이 턱에 닿아서 청석골로 돌아왔다.

"간밤에 잠을 못 주무시더니 노자를 챙겨 수원으로 떠나셨습니다. 한 두어 달 있다가 돌아오시겠답니다."

두령들은 어이없다는 듯이 서로의 얼굴만 쳐다보고 있었다.

그 때 이미 오돌은 탑고개를 내려와 송도로 가는 길에 접어들고 있었다. 한참을 걸어가고 있노라니 숲 속 으슥한 곳에 남녀가 앉아 있는 것이 보였다.

오돌은 괴이하게 생각하였다. 이 깊은 숲 속에서 백주 대낮에 남녀가 서로 붙어 있는 것이 왠지 수상하게 여겨졌다.

'도대체 무얼하는 연놈들인고?'

오돌은 가뜩이나 계집생각이 간절하던 터라 바위 뒤로 숨어 그들의 동정을 살폈다. 확실히 이상한 연놈들이었다.

두 남녀는 가랑잎을 끌어다 모으더니 푹신해진 그자리에 마주 앉았다.

잠시 후 사내가 여자를 끌어안았다. 여자는 빼어난 미

인은 아니었지만 겉으로 보기에 현숙한 부인처럼 보였다. 사내가 더욱 힘을 주어 여자를 끌어안았는지 여자가 몸을 뒤틀기 시작했다.

"아……"

오돌은 그만 몸이 뜨거워져서 자리에서 일어났다. 그러나 연놈들은 자기들을 옆에서 보고 있는 사람이 서 있다는 것을 전혀 모르는지 아랑곳하지 않았다.

드디어 사내가 옷을 벗기려고 하였다. 그러자 여자는 사내의 손을 뿌리치고는 사내의 옷을 먼저 벗기려 하였다.

사내의 아랫도리를 벗긴 여자가 아래 치마만 벗고 가랑잎 위에 번듯이 누웠다. 사내가 그 위로 덤벼들었다. 그러자 여자는 몸을 살짝 비키면서 사내의 약을 올렸다.

"아이, 누나한테."

"누나는 무슨 누나. 내 계집이지."

여자가 다시 쫑알대며 사내의 코를 잡아당겼다.

여자는 제법 간들어지게 웃기까지 하면서 사내의 얼굴을 가랑이 사이에 갖다 대었다. 희멀건 여자의 넙적다리 사이에서 사내의 머리가 들쑥날쑥했다.

"잘한다!"

오돌은 그저 멀거니 바라보고 있었다. 성난 파도처럼 그들의 동작은 더욱 맹렬해지고 있었다.

풍랑은 쉴새 없이 계속되었다. 어느새 여자의 위로 올라간 사내가 몸을 흔들고 있었다. 후려치고 밀리어 나가고 밀려나갔다가 다시 후려치고……

"아아아."

여자가 갑자기 사내의 머리를 쥐어뜯으며 소리를 질러 댔다. 오돌은 자신도 모르는 사이에 하초가 흥건이 젖어 왔다.

얼마 후 여자의 거친 파도가 멎었지만 사내는 아직도 몸을 흔들어대고 있었다.

'여자는 끝난 모양인데 저놈이 황소같은 놈인가보다.'

오돌이 그렇게 중얼거리고 있는데 저녁 해는 어느새 멀어지기 시작했다. 그 일을 마친 남녀가 다시 소곤거렸다.

"열흘에 한 번이면 되겠어?"

"열흘? 너무 멀어. 사흘에 한 번만."

"아주 맛이 들었구만. 그렇게 하지."

"아이 좋아."

사내는 그제서야 여자의 몸 위에서 내려 왔다. 여자가 가랑잎 위에 일어나 앉아 사타구니를 닦았다.

여자의 허연 넙적다리 사이의 흐벅진 곳이 오돌의 눈에 들어오자 오돌은 그만 아찔하였다. 연놈들은 서로의 옷에 붙은 나뭇잎을 털고 헝크러진 머리를 매만졌다.

"그만 어둡기 전에 내려가자."

"그러지."

계집이 앞장을 서고 사내놈이 뒤를 따라갔다. 오돌은 연놈의 뒤를 따랐다.

그들이 살고 있는 동네는 부촌이었다. 송도를 바라보는 큰 봉우리가 있고 그 봉우리 아랫자락의 아담한 마을

이었다.

오돌은 두 연놈의 집까지 쫓아갔다.

'내 어떡하든지 저년을 훔치고 말겠다. 청석골로 돌아가기 전까지는 세 년은 요절낼 테니.'

연놈이 들어간 곳은 큰 대문이 있는 집으로 한 진사의 집이었다.

다음 날 오돌은 생각할 것도 없이 그 집 머슴으로 들어갔다. 한 진사의 젊은 첩년을 범하리라 하는 마음이 무슨 응어리처럼 오돌의 가슴에 뭉쳐 있었다.

늙은 한 진사는 이제 기운이 다해서 계집에게는 아무런 관심이 없었고 첩은 전실 소생의 조카와 간통을 하고 있었던 것이었다.

오돌은 호시탐탐 기회만 노렸다. 어느 날 **황혼**이 질 무렵 오돌이 뒷담을 돌아서려는데 연놈의 소곤거리는 소리가 났다.

"오늘 밤 만나자."

"어디서 만나?"

"후원 별당에서 기다릴게."

연놈은 소곤거리고 끌어안고 입맞추고 하더니 헤어졌다. 오돌은 쾌재를 불렀다.

"됐다!"

오돌은 마음을 정리하고 이 집에 들어온지 한 달도 못되어 주인의 첩과 상관할 계획을 세웠다. 어두워지자 오돌은 후원 별당으로 숨을 죽이며 기어갔다.

오돌은 별당의 쪽마루로 올라 문을 두드렸다.

"누구요?"

여자의 음성이 들렸다.

"……"

"누구요?"

"나야."

오돌은 조카의 목소리를 흉내내었다. 여자가 아무 말이 없자 오돌은 방안으로 들어갔다. 그리고 그 즉시로 여자를 덮쳤다. 계집은 벌써 옷을 벗고 있었다.

"아이……"

오돌은 여자를 거칠게 다루었다. 계집의 숨가쁜 그곳을 이미 범하고 있었다. 계집은 말이 없었다.

어둠 속에서 두 남녀의 숨소리만 거칠게 들려 왔다. 오돌은 기운이 워낙 좋았다. 오돌은 쉴새 없이 계집을 몰아쳤다. 여자는 완전히 죽는 소리를 내었다.

"아흥!"

"아앙!"

계집은 완전히 녹초가 되었는지 죽은 듯이 가만히 누워 숨만 가쁘게 고르고 있었다. 잠시 후 여자가 낮은 목소리로 말했다.

"오늘은 좀 색다른걸."

오돌은 웃음을 참았다. 그리고 계집의 바로 코앞까지 얼굴을 들이밀었다.

"엣?"

"나야. 이 집 머슴이라니까."

계집이 오돌의 얼굴을 보고 소스라치게 놀라 정신을

차리지 못하고 있을 때 밖에서 헛기침 소리가 들렸다.

"에헴!"

계집은 당황하여 아랫도리를 가리기에 급급하였다. 헛기침 소리가 다시 들려 왔다.

"에헴!"

그러자 방안에 있던 오돌이 헛기침으로 대꾸하듯이 크게 소리를 내었다.

"어험!"

한 진사의 조카는 가슴이 덜컥하고 내려앉았다. 오돌은 문을 열고 다시 한번 기침을 했다.

"어험!"

자기 계집과 일을 벌인 놈이 자기 집 머슴인 것을 알게 되자 사내놈은 크게 분노했다.

"이런 머슴놈이……"

사내놈이 분해서 달려들었다. 오돌은 외눈 하나 깜짝하지 않고 발길질을 했다.

"아이쿠!"

오돌의 발길질에 조카는 그 자리에서 처박고 말았다. 오돌이 두 연놈을 번갈아 쳐다보더니 침을 찍 뱉었다.

"그러면 잘들 계시오."

오돌은 그 집을 나왔다. 문 밖을 나서는데 다급히 부르는 계집의 소리가 들렸다.

"여보!"

소실은 섭섭한 모양이었다. 오돌은 혼자 웃으면서 뒤돌아보지 않고 길을 재촉했다.

"한 번 훔쳤으면 됐지."

어두운 길을 더듬어 가던 오돌은 마을 어구에 있는 물 방아간에서 하루 밤을 지낸 뒤 다시 정처 없이 남쪽으로 걸었다.

"세 번은 훔쳐야 하는데…… 세 번은 훔쳐야 하는데."

오돌은 계속 그 말만을 중얼거리며 늦은 가을 길을 혼자 걷고 있었다.

오돌은 마을을 들어설 때마다 훔칠 기회만 엿보고 있었다.

어느 날 해가 저물어가는 황혼 무렵이었다. 오돌은 저녁을 한술 사먹으려고 빠른 걸음으로 마을 안으로 들어섰다.

마을 초입에 있는 외딴집 하나를 지나려는데 울타리 밖으로 무언가 탁 하고 떨어졌다. 집어서 자세히 보니 반찬을 해 먹는 가지였다.

마침 시장하던 차에 오돌은 가지 한 개를 입에 물었다. 오돌이 가지 하나를 다 먹어치우자 또 탁 하고 소리가 났다. 뒤돌아 보니 또 가지였다. 오돌은 또 주워서 입에 물었다.

그런데 자꾸 울타리 밖으로 가지가 떨어졌다. 오돌은 이상한 생각이 들어 울타리 안을 넘겨다 보았다.

"에, 퉤! 퉤!"

어쩐지 가지에서 약간 클클한 냄새가 난다 싶었지만 오돌은 시장하던 차에 잘 먹은 가지를 토하고 말았다.

싸리 울타리 틈으로 보이는 것은 다 자라난 처녀였다.

그 처녀는 가지밭에서 가지를 따가지고 사타구니에 끼고 열심히 흔들고 있었다. 그리고 사방을 돌아보더니 울타리 밖으로 가지를 던져 버리곤 하는 것이었다.

생긴 것은 곱게 생긴 것이 그 장난질이었다.

"허나, 얼굴은 곱군."

오돌이 뒤돌아 서서 잠시 생각하고 있는데 가지가 또 하나 넘어왔다. 처녀는 그 짓을 하느라 정신이 없었다. 오돌은 대문께로 가서 헛기침을 했다.

"어험!"

그러나 처녀는 그것에 아주 넋을 빼고 있는지 아무 기척도 없었다. 오돌은 더욱 큰 소리로 거듭 헛기침을 했다.

"어험! 어험! 험!"

그제서야 처녀는 몸을 움츠려뜨리고 울밖을 내다보았다. 그러다가 갑자기 처녀가 간드러지게 웃기 시작했다.

"오호호호."

"아니 왜 웃소?"

"우스우니까 웃지요. 이리 와요."

어디로 오라는 말인가. 오돌은 처녀를 따라 울타리 안으로 들었갔다.

안에는 여러 채소들이 있었지만 오돌의 눈에는 가지밖에 보이지 않았다. 처녀는 넓은 뒤뜰로 오돌을 끌어왔다.

뒤뜰은 처음 보는 꽃들이 묘한 향내를 내고 있는 붉은 꽃밭이었다. 처녀는 꽃 위로 드러누웠다.

"이리 오세요."

"네가 귀신 아니냐?"

"호호호."

"사람이냐?"

"빨리 안 오시면 저 가겠어요."

이년이 귀신이 아닌가 하고 오돌은 멍청하게 서 있었다. 처녀는 오돌을 보고 말했다.

"나는 이 집 딸이에요."

"몇 살인고?"

"스물셋."

"그래?"

오돌은 처녀의 배와 가슴을 쓰다듬었다. 그리고 처녀의 몸 위로 올라갔다.

"한 달 후에 시집을 가는데 저는 싫어요."

"왜?"

"이 동네 늙은 영감의 후실로 가래요."

"그래서 가기 싫다?"

"예."

"……"

"좀더 꼭 좀 안아 줘요. 사내 대장부가 이게 뭐예요?"

오돌은 아무래도 이 처녀가 미친년 같았다. 그래서 한참을 멍하게 위에서 엎드려 처녀의 얼굴을 바라보았다.

"가지는 왜 가지고 장난했지?"

"……"

처녀는 말이 없었다. 아마 부끄러운 모양이었다. 처녀가 한동안 말이 없자 처녀의 몸 위에 있던 오돌이 물었다.

"살림이 구차하냐?"

"……"

"구차해 뵈지는 않는데…… 그럼, 부모가 없느냐?"

"있어요."

"그럼 왜?"

"내력이 있지요."

"내력?"

"보쌈을 세 번이나 붙였어요."

"오오라, 그래서……"

"다섯번째 후실로 가면 좋다고 해서."

"……"

"제발 저를 데리고 가 주세요."

"글쎄, 아직 거처가 일정하지 않아서."

"그럼 내 몸에서 내려오세요."

"왜? 내가 가지만 못하더냐?"

"……"

"가지보다야 낫겠지?"

"……"

"가지는 언제부터 썼느냐?"

"지난 여름부터요."

"음."

"어서 데려가 주세요."

"알겠다."

오돌이 데리고 가겠다고 하자 처녀는 울고 있었다. 오

돌은 생각하기에 따라서 자신도 계집복이 있는 편일지도 모르겠다는 생각을 했다.

오돌은 가지 따던 처녀와 한바탕 일을 치르고 스스로 따라오는 그 처녀를 물리칠 재간이 없었다. 하는 수 없이 처녀에게 남자처럼 변장을 시킨 다음 마치 형제처럼 꾸미며 길을 떠났다.

한낮의 따가운 볕이 내리쪼이고 있었다. 오돌과 가지 처녀는 손을 잡고 후미진 산비탈 아래 앉아서 쉬어가기로 하였다. 잔디가 제법이었고 그늘 또한 좋았다.

"휴우, 과연 호젓하군."

"아주 조용해요."

"이런 곳에서 한 번……"

오돌은 갑자기 처녀의 몸을 더듬었다. 처녀는 오돌의 손을 뿌리치며 소리 질렀다.

"대낮에 이게 무슨 짓이에요?"

오돌은 벌써 처녀의 아랫도리 옷을 벗겨내고 있었다.

"산신령이 노하세요."

"이게 산신령의 뜻이야!"

오돌은 여인의 옷을 다 벗기고는 그 오묘한 샘가로 향했다. 처녀는 괴로운 듯 인상을 찌푸렸다.

"괴로운가?"

처녀는 오돌의 물음에 눈으로 대답하였다.

"산신령의 뜻은 고통이 즐거움이 되게 하는 것에 있지."

그리고 오돌은 아무 말을 하지 않았다. 이제는 말이

필요없었기 때문이었다.

오돌은 그렇게 두번 세번 처녀를 품었다. 한참 후 오돌은 가지 처녀의 옷매무새를 매만져 주었다.

"어쩔 텐가?"

"뭘 어째요?"

처녀는 오돌이 의심스럽다는 듯이 말을 톡 쏘아붙였다.

"나를 따라 갈텐가?"

"무슨 말씀이세요? 지옥까지라도 따라갈 거예요."

오돌은 속으로 씁스름하였다.

왜냐 하면 맹세한 대로 청석골에 돌아가기 전에 세 여자는 훔쳐야 했기 때문이었다. 그런데 이 처녀가 계속 따라 다닌다면 일이 여의치 않을 것 같았다.

하지만 이 처녀를 버리고 갈 수는 없는 일이었다. 오돌은 머릿속이 복잡하였다.

"에라! 모르겠다. "

오돌은 뒤로 벌렁 누워 낮잠이나 한숨 자고 가자고 생각했다. 처녀는 의심어린 눈초리로 오돌을 물끄러미 바라보았다.

얼마를 잤을까. 오돌이 일어나보니 해는 벌써 서산으로 넘어가려 하고 있었다. 사방은 적막했다.

기지개를 켜다 말고 오돌은 이상한 기분이 들었다. 아니나다를까 그 처녀의 모습이 보이지 않았다. 이리저리 찾아보아도 가지 처녀는 흔적도 없었다.

"허참! 나보다 가지가 더 좋았던 모양이군."

오돌은 마치 귀신에 홀린 게 아닐까 하는 생각이 들었지만 개의치 않고 남쪽으로 길을 재촉했다. 산 아래 마을에서 하루를 쉬고 오돌은 다시 엽색 방랑을 떠났다.

　　오돌은 하루를 종일 걸었다. 어딘지는 모르겠지만 아주 큰 거리에 닿으니 많은 사람들이 벽에 붙은 방을 보고 쑤군대고 있었다. 다가가서 보니 도적들의 얼굴들을 그려 놓은 것 같았다.

　　앞사람을 밀치고 가까이 가서 방을 보던 오돌은 깜짝 놀랐다. 열두 명의 청석골 두령의 얼굴들이 주욱 붙어 있는 것이었다.

　　오돌은 방에 붙어 있는 자기의 얼굴을 보고 흠칫하였다.

　　"함부로 여기 오래 있다가는 큰일나겠다."

　　오돌은 성큼성큼 앞으로 나가다가 옆길로 빠져들어갔다. 날이 어둡기를 기다렸다가 오돌은 으슥한 주막집을 찾아 들었다.

　　"하룻밤 쉬어 갑시다."

　　"어서 오세요."

　　얼굴이 제법 매끈한 주인 여자가 나와 오돌을 맞으며 이상한 눈짓을 해 보였다. 오돌은 주막집 여자를 의심스런 눈으로 바라보았다. 하지만 애써 태연하게 말했다.

　　"신세 좀 지겠소."

　　방안에 들어가니 아랫목에 남편인 듯한 작자가 술에 떡이 된 채로 곯아 떨어져 있었다. 방은 제법 컸지만 이 주막에 방은 이것밖에 없는 것 같았다.

희미한 초롱불이 켜 있는 방안은 퀴퀴한 냄새로 가득차 있었다. 오돌은 코를 벌름거렸다. 무슨 냄새인지 곰곰히 생각하고 있는데 주인 여자가 저녁상을 들여 왔다.

"아무 찬이 없습니다."

"원 별말씀을……"

"많이 드십시오."

"주막집 여자는 남편이 깨어 있었다면 민망할 만큼이나 교태와 친절을 보였다. 여자가 아무래도 수상했다. 밥상을 물리고 오돌은 일부러 잠이 든 채하며 코고는 소리를 내었다. 그러는 사이 오돌은 깜빡 잠이 들었다.

뭉클.

얼마나 잤는지 모르겠지만 오돌은 배 위에 뭉클한 느낌이 들었다. 그리고 숨이 답답하였다.

'이게 뭐란 말인가?'

오돌은 잔뜩 긴장하여 눈을 살짝 떴다. 주인 여자였다. 주인 여자는 옷을 훌렁 벗어 던지고 오돌의 배 위에 올라타고 있었다.

"누구요?"

오돌은 가만히 물어보았다. 주인 여자는 조심스럽게 오돌의 옆구리를 쿡쿡 찌르며 낮은 음성으로 대답했다.

"나요, 나."

"아랫목은 어떡하구?"

오돌은 가만히 소곤거렸다. 그러자 역시 여자가 작은 소리로 소곤거렸다.

"아랫목은 아랫목이고 웃목은 웃목이지."

"허허……"

오돌은 어이가 없어서 그만 웃고 말았다. 그러자 여자가 다시 소곤거렸다.

"오늘 밤 나를 데리고 도망가줘요."

"남편은 어쩌고?"

"저게 무슨 남편이우?"

"그럼 뭐요?"

오돌이 조금 큰 소리로 묻자 여자는 오돌의 옆구리를 다시 쿡쿡 찔렀다.

"조용, 조용히 해요."

"그럼 저건 남편이 아니고 등신이오?"

"일 년을 가야 여자를 아나요? 등신보다도 못하지."

오돌은 주막집 여자가 꼬리치는 이유를 알 것도 같았다. 여자는 오돌의 바지를 벗기더니 그 위에 올라탔다. 소리를 내지 않으려고 입술을 꼭 깨물고 있었다.

그러나 여자는 물이 많았던 모양인지 위 아래로 오르내릴 때마다 찰떡을 찧는 소리가 났다.

"찔거덕 찔거덕."

여자의 요구대로 두 번째 일을 마친 오돌은 혼곤하였다. 이만하면 착실하게 계집을 세 번 훔친 것이니 오돌은 청석골로 그만 돌아가야겠다고 생각했다. 그리고 살풋 잠이 들었다.

그 때였다.

별안간 우지끈 하는 소리에 오돌은 잠이 깨었다. 육모방망이가 어스름 별빛 아래 어지럽게 휘둘려지고 있었

다. 오돌은 기겁을 하여 일어나려 했지만 이미 방망이
한 개가 오돌의 면상을 갈긴 뒤였다.

"도적놈이 예 있다!"

오돌은 의식을 잃고 쓰러졌다. 큰 길거리에서 멋모르
고 활보했던 일을 생각하니 자신이 우둔했다고 생각했
다. 방망이에 매질을 받으면서도 사오 명의 포교를 때려
눕히었지만 오돌은 결국 결박당하는 신세가 되고 말았
다.

곽삼불

최오돌이 청석골을 떠난 뒤 꺽정은 아무래도 마음이 놓이지 않았다. 그래서 졸개들을 풀어 오돌의 소식을 백방으로 수소문하고 있었다.

어느덧 오돌이 청석골을 떠난 지도 보름이 훨씬 지나서였다. 최오돌을 찾으러 나간 졸개 중의 하나가 숨이 턱에까지 차올라 헐떡이며 취의정으로 뛰어들어왔다. 미처 숨돌릴 틈도 없이 꺽정은 자리에서 벌떡 일어나 졸개에게 물었다.

"최 두령은 어쩌고 너만 혼자 돌아오느냐?"

졸개는 하늘까지 닿았던 숨을 토해내더니 다급하게 말

했다.

"큰일났습니다!"

"무엇이?"

두령들이 모두 불안을 감추지 못하고 일어나 물었다.

"최 두령이 너무 호색하시다가 수원서 잡혔답니다."

"뭐라고?"

"그 동안 최 두령의 행적을 수탐하는데 방향이 묘연하여 이리저리 돌아다니기만 하다가 최 두령이 상관하였던 여자 한 사람을 만나 수원으로 간 것을 알고 뒤쫓아갔더니 수원 사람들의 입입이 말하는 말이 청석골 도적 두령한 놈이 잡혔다고 합디다."

졸개는 숨을 깔딱이면서도 서둘러 아뢰고 있었다.

"그래서?"

"지금은 수원 옥에 갇히어 살을 도려내고 맞는 치도곤으로 허리와 엉덩이에서 구더기를 긁어낸다고 합니다."

"저런!"

두령들은 모두 믿을 수 없다는 표정이었다. 그날 밤 늦게까지 오돌과 함께 술을 마셨던 곽서는 마음을 안정하지 못하고 이리갔다 저리갔다 하였다.

꺽정이가 입을 열었다.

"어찌하면 좋겠소?"

"어떻게 하긴요. 가서 구해야지요."

중달과 곽서가 동시에 외쳤다.

"빨리 서둘러 떠나야 합니다."

꺽정은 수원 옥을 부수고 오돌을 어떻게 구할 것인가

에 대한 계략을 서림에게 맡겼다. 두령들은 서둘러 저녁을 먹고 취의정에 모였다. 서림이 계획을 얘기했다.

"수원의 지리와 형편을 우리가 모르고 있으니 구체적인 것은 수원에 가서 해야 할 것입니다."

"전국에 방이 붙었는데 수원까지는 어떻게 갑니까?"

"그거야 아무도 모르게 장사치로 변장을 해서 가야지요."

"그럼 지난번처럼 어물 장사로 변장할까?"

"그거 좋겠군!"

"그럼 누구누구가 갔으면 좋겠는지요?"

꺽정이 다시 서림에게 물었다. 서림은 당연하다는 듯이 대답했다.

"날쌔고 기운이 좋은 사람이 많을수록 좋겠지요."

서림의 대답이 떨어지기가 무섭게 두령들은 서로 가겠다고 난리들이었다. 그러자 곽서가 심사가 뒤틀렸는지 한마디를 톡 쏘아붙였다.

"다들 가시오! 나는 나중에 혼자 따라갈 테니."

두령들은 누가 남고 누가 갈 것인가를 신중히 의논하였다.

결국 청석골을 떠나는 일행은 임꺽정, 서림, 방중달, 기돌쇠, 곽서, 이룡, 양천석, 양백석, 마중손, 편달쇠 등 아홉 사람이었다. 거기에 심부름꾼으로 작은 두목 한 사람, 졸개 두 사람을 합해 열두 사람이 수원으로 길을 떠났다.

서림과 이룡은 평소에 노동을 해보지 아니한 탓에 그

냥 물주(物主)처럼 걸었고 나머지 열 사람은 각각 어물 짐을 걸머지고 걸었다.

일행은 떠나온 지 수일이 되어 용인을 돌아 큰 고개 아래에 당도하였다. 숲은 깊고 사면은 고요하였다. 고개를 넘어오니 날이 저물었다.

고개 밑 주막에서 하루 밤을 지새고 이튿날 아침에 일찍 수원에 닿으려고 새벽같이 길을 떠났지만 갈재 아래에 왔을 때는 이미 해가 중천에 떠 있었다.

일행이 갈재의 중턱쯤에 이르렀을 때 머리에 흰수건을 동여맨 산적 칠팔 명이 길을 막고 있었다.

"모두 짐을 놓고 가거라!"

그 중 험악하게 생긴 놈이 일행을 보고 소리쳤다.

"하하하……"

꺽정이가 한번 웃으니 웃음 소리가 온 저곡 안에 울려 퍼졌다. 도적들은 느닷없는 웃음 소리에 당황했던지 한 놈이 휘파람을 불어제꼈다.

그러자 숲 속에 숨어 있던 십여 명의 도적들이 쏟아져 나왔다. 도적놈들은 사기가 한층 올랐던지 의기양양하게 소리쳤다.

"자, 이래도 짐을 벗어놓지 못하겠느냐?"

꺽정이 일행은 하도 기가막혀 다시 한번 웃었다.

"하하하!"

요란한 웃음 소리를 듣더니 칼을 든 놈이 약이 올라 고함을 질러댔다.

"야, 이놈들아! 죽으려고 환장을 했느냐?"

길길이 날뛰는 모양새가 놀라웠다. 꺽정이 일행에게 눈짓하여 짐을 벗으라 하니 모두 짐을 벗어 놓았다.

꺽정 일행이 짐을 다 벗어놓자 칼을 든 놈이 씨익 웃었다.

그 때 꺽정이가 열 개의 짐짝을 다섯 개씩 두 개의 덩어리로 묶었다.

"그건 또 왜 묶는 거냐?"

도적들이 호통을 쳤다. 그러자 꺽정은 우렁찬 목소리를 다듬어서 가느다란 목소리로 말했다.

"이 물건들을 어르신들 계신 곳까지 들어다 드리려고 그럽니다."

"야 이놈아. 시키지 않은 짓 작작해라."

"그럴 것 없습니다. 제가 들어다 드리지요."

말을 마치고 꺽정이가 한 팔에 한 덩어리씩 짐 열 짝을 들어 움켜쥐고 뚜벅뚜벅 걸어갔다.

그 때 칼든 놈이 안색이 변하더니 그 자리에 칼을 버리고 꿇어앉았다.

"장사의 성함이 뉘시오?"

그제야 서림이 나서며 대신 말을 해주었다.

"갈재놈들은 임 장사도 몰라 보느냐?"

"아이쿠, 양주 임꺽정 장사를 몰라보다니. 저는 곽삼불이라고 하옵니다."

삼불이 감히 일어나지 못하고 엎드려 빌기만 하자 꺽정이 타일렀다.

"모르고 저지른 죄니 그만 일어나시오."

꺽정이 그렇게 말하자 삼불은 그제서야 마지못해 일어났다. 꺽정이가 그자의 성이 곽씨란 말을 듣고 곽서를 불러 인사시켰다.

"여보게 곽서. 여기 일가 한 사람이 있으니 인사하시게."

다른 두령들도 모두 곽삼불과 인사를 나누었다. 말로만 듣던 장사들과 인사를 나누게 된 것이 매우 기뻤는지 삼불은 아는 체를 했다.

"최오돌 장사의 일 때문에 여러분이 행차하시는 길입지요?"

"그 일을 어찌 아오?"

"여기서 수원의 일조차 모른다면 말이 됩니까? 저희들도 걱정하고 있습니다."

"걱정까지 해주다니."

"초록은 동색이지요."

"고마운 일이오."

꺽정은 곽삼불을 칭찬해 주었다. 곽삼불은 신이 나는지 꺽정 일행을 자기 산채로 초청하여 대접하기를 원하였다.

일행도 여러 날 지친 까닭에 곽삼불의 온정을 쾌히 승락하였다. 임꺽정과 일행들에게 반해 버린 곽삼불은 꺽정의 일행들을 극진히 대접하였다. 모두들 곽삼불의 대접에 고마와했다.

"여보게 곽서!"

꺽정이가 곽서를 불렀다.

"예."

"자네가 아주 훌륭한 일가를 두었네그려."

"그날 밤 늦게 곽삼불이 보낸 사람들로부터 내일 아침 청석골 두령 최오돌을 한양으로 압송한다는 소식이 들어왔다.

꺽정은 자고 있던 두령들을 깨워 대책을 논의했다.

"내일 아침 갈재를 지키고 있는다면 안성맞춤이 될 것입니다."

서림이 수원 근처의 지리를 파악한 다음 급소를 짚어내었다. 그리고 혹시 갈재를 돌지 않고 다른 길을 지나 서울로 압송할 것도 대비하였다.

"그리고 수원서부터 사람을 붙여 따르게 합시다."

하루 밤을 묵은 다음 일행은 갈재로 가서 한양으로 최오돌을 압송해 가는 무리들을 기다렸다.

한편, 최오돌은 큰 칼을 쓰고 착고가 채워진 채 앉아 이런저런 생각을 하고 있었다. 오돌은 이제는 꼼짝없이 죽은 목숨이라는 생각이 들었다.

'휴우, 내 목숨은 이제 바람 앞에 등불이구나. 사내의 한평생이 계집질 때문에 썩는구나.'

오돌은 크게 한 번 놀아보지도 못하고 가게 되는 자기의 신세가 안타까울 뿐이었다.

수원 부사 임긍한(林肯翰)은 나라에서 청석골 도적 떼 때문에 크게 골치를 썩고 있는 것을 잘 알고 있었다. 그러던 터에 청석골 두령 한 놈을 잡았으니 출세는 보장된 것이나 다름없었다.

임긍한은 최오돌을 한양으로 압송하기 위해 만전을 기하였다. 포교와 포졸이 칠십여 명으로 죄인을 철저히 호송하게 하였고 포교 외에 또한 십여 명의 군졸을 뒤따르게 하였다.

수레에 실린 오돌은 머리를 풀어헤친 채 큰 칼을 목에 차고 있었다. 엉덩이와 넙적다리에서 구더기를 잡아내는 오돌의 모습에는 이전에 건장하던 구석을 찾아볼 수 없었다. 그 행색은 눈뜨고 못볼 정도였다.

죄인을 데리고 수원을 떠나던 날 아침은 궂은 비가 부슬부슬 내리기 시작하였다.

어느 덧 죄인을 실은 수레는 화성을 지났다. 죄인을 압송하는 일행이 점심을 먹고 주막을 떠난 것은 한낮이 다 지나서였다.

갈재에 이르자 좌우병방은 낮술 몇 잔 한 것에 취기가 오르는지 얼굴이 불콰하였다.

"오늘은 이 갈재만 무사히 넘기면 되겠군."

하늘에는 구름 한 점 보이지 않았다. 갈재에는 그 고개 이름처럼 갈숲이 우거져 있었다.

갈대는 사방에서 나부끼며 흔들거렸다. 그런데 무엇인가 이상한 일이 벌어지고 있었다.

"아니?"

길가에 있는 큰 갈숲에서 산새들이 비명을 지르듯이 일제히 날아오르는 것이었다. 좌우병방은 술이 확 깨는 듯했다.

이상한 일이었다. 갈숲까지 한 걸음에 쫓아가 살펴보 았지만 아무것도 보이지 않았다.

"이상하군."

좌우병방은 고개의 전후좌우를 다시 한번 살피더니 포 교와 군졸들에게 명령을 내렸다.

"별일은 없을 것 같으나 산이 험하니 모두 창과 칼을 빼어 메고 가라."

바로 그 때였다.

휘익!

어디선가 휘파람 소리가 들려 왔다. 그러더니 숲 속에 서 흰 수건으로 이마를 질끈 동여맨 한 사람이 길을 가 로막았다.

"웬놈이냐?"

우 병방이 소리쳤다. 사내가 씨익 웃으며 말했다.

"알고 싶으냐? 내가 누군지 알면 너희들이 혼비백산할 까 봐 말 못하겠다."

우 병방이 재빨리 칼을 치켜들더니 이를 갈았다.

"건방진 놈!"

사내는 우 병방이 칼을 빼어들고 다가오는 것을 보고 도 꿈쩍도 하지 않았다.

"하하하."

사내가 하늘을 보고 웃었다. 웃는 소리가 어찌나 우렁 찬지 포교와 군사들은 온몸에 소름이 끼칠 지경이었다.

사내는 웃음을 뚝 끊고 안색을 바꾸더니 큰 소리로 외 쳤다.

"내가 바로 임꺽정이다!"

그 소리를 듣자 한 사람도 입을 여는 사람이 없었다.

모두들 얼굴 빛이 새파래지며 올 것이 왔다는 표정이었다.

평소에 담력이 있다는 우 병방이 겨우 입을 열었다.

"이런 도적놈!"

우 병방은 그렇게 한마디 했을 뿐 칼을 들고도 어쩌지 못하고 있었다.

"나 임꺽정 외에도 청석골의 십여 두령들이 모두 이곳에 와 있다. 만약 너희들이 최 두령을 놓고 가지 않는다면 모조리 저승으로 보내주겠다."

꺽정은 이렇게 으름장을 놓고 있을 때, 좌 병방은 가만히 생각하였다.

꺽정이와 대결할 수도 없고 그냥 돌아갈 수도 없는 일이었다. 그러나 위신 때문에 그는 칼을 빼어들었다.

"이런 천하의 도적놈!"

좌 병방은 칼을 들고 꺽정에게 덤벼들면서 부하들에게 눈짓하였으나 아무도 함께 덤벼드는 놈이 없었다. 어쩔 수 없이 좌 병방은 꺽정의 옆구리를 향해 칼을 찔렀다.

"이얍!"

꺽정의 몸이 반 길쯤 허공으로 솟는 듯했다. 동시에 좌 병방은 무엇인가 번쩍하는 것이 오른쪽으로 지나간다고 느꼈다. 순간 좌 병방의 오른쪽 어깨와 허리에서 피가 솟았다.

"윽!"

좌 병방이 외마디 소리를 내고 산모퉁이에 나가떨어지자 우 병방은 얼굴이 노랗게 되었다.

좌 병방이라면 수원에서 칼 솜씨가 출중하기로 이름난 사람이었기 때문이었다.

"이놈들아!"

꺽정이가 발을 한번 구르며 고함을 치자 병졸들은 삽시간에 뒤로 물러서기 시작했다.

"어이!"

꺽정은 이 때다 하고 소리를 쳤다. 숲 속에서 십여 명의 장사들이 쏟아져 나와 도망가는 군졸들을 향해 달려들었다.

군졸들은 다급히 아우성을 치며 꽁무니를 빼며 달아나면서도 죄인을 실은 수레는 놓지 않았다. 그러자 방중달이 커다란 바위를 두 손으로 높이 치켜들고 고함을 쳤다.

"버러지 같은 놈들아! 최 두령을 놓아두지 못할까?"

중달이 집채만한 바위를 호송 수레 옆으로 던졌다. 그제서야 군졸들은 죄인을 버리고 꽁지가 빠지게 달아나는 것이었다. 뒤에서 무기를 거두고 이를 바라보던 여러 두령들이 입을 모아 떠들었다.

"역시 방 두령이 그만이군."

"방 두령 하나만 있으면 포졸들 쫓아버리기는 식은 죽 먹기지."

혼비백산하는 군졸들을 바라보며 두령들은 손뼉을 쳐가며 껄껄대었다.

서림이 나서며 고함을 쳤다.

"최 두령의 결박을 풀지 않고 무엇들을 하고 있소?"

서림의 호통 소리에 두령들이 달려들어 오돌의 목에 있던 큰 칼을 벗기고 결박을 풀어주었다.

"형님!"

오돌은 눈물을 글썽이며 꺽정이 앞에 머리를 조아렸다.

"그것 보게. 다음부터는 계집을 너무 밝히지 말게."

꺽정은 오돌의 손을 잡고 말했다. 오돌의 행색을 보니 가슴이 아팠다. 어찌나 고생을 했는지 오돌은 제대로 몸을 가누지도 못하였다.

여러 두령들도 오돌을 위로해 주었다.

"그래, 얼마나 고생을 했나?"

"사람을 이 지경으로 만들다니."

"죽일 놈들!"

한동안 말을 잊고 있던 꺽정은 어금니를 꽉 깨물더니 악에 받쳐 한마디를 뱉었다.

"수원 유수! 내 이놈을 그냥 둘 수 없다!"

일행은 우선 곽삼불의 처소로 오돌을 데리고 갔다. 오돌의 몸을 치료하기 위해서였다. 곽삼불의 처소에 돌아와서도 꺽정은 분이 가시지를 않았다.

한쪽에서는 서림을 중심으로 두령들이 모여 청석골로 돌아갈 의논들을 하고 있었다.

"가까운 시일 안에 수원 군사와 한양의 군사들이 전부 동원되어 이 부근을 샅샅이 뒤질 것입니다."

"그렇겠지요."

"그럼, 그놈들과 싸웁시다."

"우리들만으로 그 많은 군사를 당하기는 어려워요."

"그러면 어떻게 했으면 좋겠소?"

두령들은 당장 어떻게 해야 할지 대책이 서지 않았다. 그 때 곁에서 듣고 있던 곽삼불이 말을 꺼냈다.

"이렇게 하면 어떻겠습니까?"

두령들은 곽삼불의 말에 모두 귀기울였다.

"수원 이방이 저의 종제올시다. 비록 사람이 변변치는 않사오나 천하의 영웅 호걸들을 알아보는 눈은 가지고 있습니다."

"거기 가서 몸을 숨기자는 말이오?"

하왕동이가 어처구니 없다는 듯이 말했다.

"그러는 게 어떻겠냐고 물어본 것입니다."

곽삼돌이 고개를 끄덕이며 대답하자 두령들은 술렁대기 시작했다.

밤이 점점 깊어갔으나 두령들은 의견이 분분하였다. 오랜 동안 말을 하지 않고 생각에 잠겨 있던 서림이 입을 열었다.

"조용히 해보시오."

서림은 눈을 지그시 감고 뜸을 들이더니 말을 이었다.

"섶을 지고 불 속으로 뛰어드는 격이지만 곽삼불의 의견이 최상의 방법인 것 같소!"

"무슨 소리를 하는 거야?"

곽서가 못마땅한 듯 투덜거렸다.

"아무튼 모두 한꺼번에 움직인다는 것은 매우 위험한 일이오. 일단 두 패로 갈라져 행동을 합시다. 한 패는 밤길을 걸어 여주 이천을 지나 철원 등지로 해서 산을 넘으면 될 것 같기도 하나 장담할 수는 없는 일이오. 다른 한 패는 곽삼불의 말대로 하는 것이 적의 허를 찌르는 묘수가 될 수 있을 것이오."

　서림의 말에 모두들 반신반의하고 있는데 꺽정이가 좌중을 정리하였다.

　"서 두령의 말대로 합시다."

　곽삼불의 처소에서 하루를 묵고 난 다음 청석골 두령들은 대부분 밤길을 택해 강원도 길로 떠났다. 그리고 다음 날 꺽정과 오돌 그리고 곽삼불은 수원으로 가기로 하였다. 꺽정이 일행이 갈재 곽삼불의 소굴에 불을 지르고 막 수원으로 떠나려 할 때 졸개 하나가 숨을 헐떡이며 달려 왔다.

　"야단났습니다!"

　"무슨 일이냐?"

　곽삼불이 졸개에게 다급하게 물었다. 하지만 졸개는 숨을 몰아 쉬느라고 말을 잇지 못했다.

　"갑갑하다. 빨리 말해봐!"

　"수많은 군사들이 이리로 몰려오고 있습니다."

　"몇 명이나 되더냐?"

　"줄잡아 삼사백 명은 족히 될 것 같습니다."

　상황은 급박하게 흘러가고 있었다. 하지만 벌써 대부분의 두령들은 강원도 산길로 도망을 쳤고 여기에 있는 몇 사람만 수원 이방의 집으로 가면 되는 일이었다.

걱정은 무슨 생각인지 곽삼불의 졸개에게 죽은 좌 병방의 시체를 걸머지게 했다.

수원 성안은 한양에서부터 내려온 포교들로 경계가 삼엄하였다. 사람들이 바로 며칠 전 갈재에서 일어난 일들로 웅성대고 있었다.

장사치로 변장을 한 걱정이 일행은 수원 이방을 찾아 숨겨줄 것을 부탁했다. 수원 유수 임긍한이 문앞에 버려진 시체를 발견한 것은 그 다음 날이었다. 좌 병방의 시체였다.

"이건 또 뭐냐?"

기겁을 하던 임긍한은 송장이 되어 돌아온 좌 병방의 옆구리에 종이 한 장이 꽂혀 있는 것을 보았다. 그것은 임긍한의 앞으로 보내온 편지였다.

임긍한은 떨리는 목소리로 편지를 읽어 내려갔다.

수원 유수 임긍한은 보아라.

너희가 우리 두령 한 사람을 잡아 가두고 여러 날을 치도곤을 먹인 것에 대하여 감사할 수는 없으나 우리에게 좌우병방을 보내서 서슬 푸른 칼맛을 보게 한 것은 참으로 고마운 일이라고 하겠다. 그래서 우리가 좌 병방의 시신을 수습하여 묻어줄까 하다가 수고로움을 덜고자 너희에게 맡기니 싸우다 죽은 자를 위해 예의를 베풀진저

청석골 두령 일동

호란의 유혹

편지는 그렇게 끝나 있었다. 임긍한은 편지를 보고 팔짝팔짝 뛰더니 호통을 치듯 명령했다.

"죽지도 못하고 돌아온 우 병방을 잡아들여라!"

그러나 우 병방을 벌하였다고 모든 것이 해결될 수는 없었다. 결국 조정에서는 수원 유수 임긍한을 파직시켰다.

임긍한은 최오돌 때문에 출세를 하나 보다 했다가 최오돌 때문에 모든 것을 잃고 말았다.

수원 이방은 꺽정 일행을 자신의 애첩인 호란(胡蘭)의 집에 숨겨 주었다.

이방은 곽삼불의 말대로 사람을 알아보는 눈이 있었

다. 꺽정을 처음 만난 자리였다.

"영웅 호걸께서 소인같은 위인을 다 찾아주셔서 그저 반갑고 감사할 따름입니다."

수원 이방은 꺽정에게 오히려 고마워했다. 그리고 오돌에게 아무 걱정 없이 상처를 치유하기를 당부하더니 삼불에게 말했다.

"너는 참 복도 많구나."

호란의 집은 성안 동문에 있었다. 비록 초가집이긴 하였으나 조촐하고 정갈하여 마치 절간과 흡사하였다.

호란은 본래 강계(江界)에서 살았으나 수원까지 흘러와 이방의 애첩이 된 여자였다.

호란은 꺽정을 보자마자 가슴이 뛰었다. 평생에 원하던 사람이 그와 같은 인물이었기 때문이었다. 서울에서 내려온 포교들이 자주 사람들의 집을 뒤지고 다녔기 때문에 꺽정이 일행은 호란의 다락방에 누워 있었다.

호란의 집으로 포교들이 한 번 들이닥쳤다가 돌아간 한낮이었다.

"시장하시겠어요."

호란의 낭랑한 목소리가 다락방에 들려 왔다.

"이제 다들 돌아갔으니 식사를 하시지요."

다락방에 밥상이 올라왔다. 밥상 위에는 오돌을 치료하기 위한 약사발까지 있었다.

"이거 신세가 많소."

"별말씀을 다하십니다."

꺽정이가 고마워 인사하자 호란은 눈을 내리깔더니 수

줍은 듯 대답하였다. 호란의 대답 속에는 어떤 안타까움이 들어 있는 것 같았다.

점심을 먹고 모두 다시 누웠다. 날이 흐려지는 듯하더니 빗소리가 후두둑 들렸다.

꺽정이가 피식 웃더니 입을 열었다.

"팔자가 그만이다."

"뭐가요?"

"먹고 자고, 먹고 자고……"

"이런 팔자라면 그만이지요."

"허허허."

"그러면 팔자 좋게 한숨 또 자자꾸나."

다락 안에서는 빗소리를 들으며 모두들 낮잠을 달게 자고 있었다. 마침 심부름 하는 여자 아이가 밖에 나가고 없어 호란은 천둥 소리가 무서웠다.

호란은 문득 다락방을 올려다보았다. 그러자 천둥번개가 무섭다는 생각이 가시면서 은근한 기쁨이 가슴에 일었다.

"사내라면 저 정도는 되어야 하지."

밖은 천둥번개가 더욱 요란하였다. 하지만 천둥번개가 요란할수록 호란은 용기가 솟아올랐다.

가슴은 천둥 소리보다도 더욱 쿵쾅거렸다. 호란은 마음을 잡지 못해 안절부절 못하였다.

"옳지!"

방안을 왔다갔다하다가 무슨 생각이 들었는지 호란은 무릎을 탁 쳤다. 그러더니 뒤꿈치를 들고 종종걸음을 치더니 다락문을 빼꼼 열었다. 모두들 코를 곯며 자고 있었지만 꺽정이만은 혼자 생각에 잠겨 있었다.

호란은 눈을 깜빡이더니 조용히 불렀다.

"여보세요."

아무 대답이 없자 좀더 큰 소리로 부를까 하는데 꺽정이가 바로 눈을 떴다.

"왜 그러시오?"

"천둥번개가 내려와서 술이나 한 잔 하시지요."

"마침 속이 답답하던 터에 그것 참 잘되었소."

"자는 사람들은 깨우지 마시고."

호란은 눈으로 살짝 웃더니 부엌으로 나갔다. 꺽정은 눈웃음 치는 호란의 더없이 모습이 고와 보였다. 하지만 금세 꺽정은 머리를 흔들었다.

'공연히 계집을 잘못 다루다간 공연한 화를 당하기 쉽지.'

꺽정은 이곳에 오던 날부터 호란이 자기를 마음에 두고 있는 것을 알았지만 짐짓 모른 체하였다.

호란은 은인의 애첩이었기 때문이었다. 그러나 일이 이쯤되니 자꾸 마음이 흔들렸다.

'밉지 않은 계집이 고맙게 부르니 과히 불쾌하지는 않군.'

꺽정이 다락문을 열고 나올 때에도 다른 사람들은 코를 골며 잠에 취해 있었다. 심부름 하는 계집아이는 어디로 갔는지 방안은 텅 빈 채였다.

칠흑같이 어두워진 밖에서는 모진 비바람이 몰아치고

있었다.

"이 방이 조용하고 은근합니다."

호란의 목소리가 흘러나온 곳은 미닫이를 하나 사이에 둔 사랑방이었다. 조용하고 은근한 방.

껵정은 미닫이를 열면서 장부답지 않게 가슴이 약간 떨렸다.

"조용하고 깨끗한 방이오."

껵정은 조용하고 은근한 방이라는 말 대신 조용하고 깨끗하다고 말했다.

호란은 술상 머리에서 살그머니 일어나 껵정의 옆으로 와서 앉았다. 갑자기 여인의 체취를 맡으니 껵정은 색심이 동하는 것을 느꼈다. 아주 젊고 고운 여인의 체취였다. 호란도 강한 사내의 체취에 부끄러운지 고개를 외로 돌렸다.

두 사람은 잠시 말을 잊고 있었다.

술상은 아주 간결하였다. 호란은 부끄러운지 한참 고개를 숙이고 있다가 생각난 듯이 말했다.

"참, 술을 따라 드려야지."

호란이 따뤄 준 술잔을 잡고 껵정은 말했다.

"친구없이 먹는 술은 술 따르는 사람의 손맛으로 먹는 법이지."

껵정은 술 한잔을 비우고 호란에게 잔을 권했다.

"한잔 하시면 기분이 좋아질 것입니다."

"아이, 저는 잘못 해요."

"그래도 한 잔만 하시지요."

꺽정이 재차 권하자 호란은 잔을 들어 한잔 마시더니 다시 꺽정에게 권했다. 이렇게 권커니 잣커니 사오 차를 했을 때 사나운 바람이 불더니 천둥번개가 쳤다.

우르릉 쿵쾅!

세찬 비바람에 문풍지가 울리는 소리가 요란했다.

"아이, 무서워."

호란은 깜짝 놀란 것처럼 꺽정의 품에 살짝 안기어 몸을 떨었다. 사냥꾼을 피해 도망온 암사슴처럼 호란은 숨을 할딱였다.

꺽정은 호란의 어깨를 감싸안았다. 꺽정은 온몸이 쩌릿쩌릿하여 왔다.

평생에 남의 계집은 처음이었다. 처음이니만큼 흥분도 달랐다. 눈앞이 아찔할 정도였다.

꺽정은 호란을 힘껏 끌어안았다.

"아이……"

꺽정은 호란의 입술을 덥쳐 누르면서 치마저고리를 벗기기 시작했다. 호란은 몸을 뒤틀었다.

치마저고리를 거의 다 벗긴 꺽정의 손길이 점점 거칠어지자 호란은 몸을 꼬았다.

"아이, 조금만……"

꺽정은 서두르고 있었다. 그러자 호란이 안간힘을 쓰더니 꺽정의 품에서 빠져 나왔다.

"왜 그러나?"

"아무것도 아니에요."

호란은 속치마로 몸을 살짝 가리고는 안방으로 가는

미닫이를 열며 빙긋이 웃었다.

"잠시 기다리세요."

"......?"

잠시 후에 안방에서 호란이 이불 하나를 가지고 들어왔다. 꺽정은 이제야 알겠다는 듯이 호란을 칭찬하였다.

'참 영리하기도 하구나.'

이불을 깔자 방안은 더욱 은근하였다. 밖에서는 여전히 비바람이 몰아치고 있었다.

"그래, 어서......"

꺽정은 호란을 이불 위에 눕혔다. 호란은 곧 눈을 감았다. 꺽정은 천둥번개 같은 욕정을 어찌할 수가 없었다.

꺽정은 호란의 속치마를 가만히 걷었다. 호란의 우거진 숲이 보였다.

꺽정으로서도 이렇게 새로운 계집은 처음이었지만 호란이 역시 이렇게 힘좋은 사내는 처음이었다.

호란은 몇 번이나 고개를 넘어갔다.

"아이...... 아이......"

호란은 허리를 상하좌우로 흔들었다. 내심 감탄하던 꺽정은 호란의 젖가슴을 잡은 채 파도를 그려 나갔다.

"온, 고것이......"

꺽정은 신기했다. 시간이 지날수록 호란은 뜨거워지고 있었다.

"너같이 좋은 계집은 처음이야."

"정말이세요?"

"그렇다."

"아이, 좋아라."

워낙 힘이 좋은 꺽정이었다. 호란은 몇 번이고 까무라쳤다. 바깥보다 더 심한 폭풍우가 두 사람 사이에 몰아치고 있었다.

꺽정은 드디어 산마루를 넘고 있었다. 호란이 숨이 넘어갈 듯이 할딱이는 소리가 아련하게 들려 왔다.

비바람은 약간 잦아진 것 같았다. 꺽정의 가슴을 어루만지며 호란은 행복감에 빠져 있었다.

"돌아가실 때 저를 데려가 주세요."

"제발······"

"가 봐야 너는 도적의 계집이 되는데도?"

"그래도 좋아요."

"······"

"정 싫으시다면 계시는 동안만이라도 하루에 한 번, 응?"

"알겠다."

"아이, 좋아라."

"이런!"

두 사람은 얼굴을 마주보았다. 호란이 장난스런 눈으로 꺽정을 쳐다보다가 갑자기 꺽정의 다리 사이에 얼굴을 들이 밀었다. 꺽정이 손을 뻗어 호란의 머리를 쓰다듬었다.

비바람은 좀체로 멎을 것 같지 않았다.

그럭저럭 수원 이방의 소실집에 온 지도 어느 덧 보름

이나 지나갔다.

꺽정은 호란이가 있어 하루같이 빨랐지만 오돌과 다른 사람들은 다락방에서 지루하기 짝이 없는 시간이 지나고 있었다.

집을 뒤지던 포교들이 뜸해지던 어느 날 저녁이었다. 호란의 집으로 들어오는 이방의 얼굴이 약간 상기되어 있었다.

"한양 포교들이 전부 올라갔습니다. 장사치로 변장한 청석골 도적들이 벌써 강원도 쪽을 넘어갔다는 소문이 있어 모두들 포기하고 갔답니다. 이제 청석골로 돌아가셔도 좋을 것 같습니다."

"정말 반가운 말씀이오."

다락방에 있던 오돌 등은 좋아서 어쩔 줄을 몰랐다. 그러나 호란은 그 소리가 하늘이 무너지는 소리로 들렸다.

떠날 채비를 하느라고 하루를 더 묵은 다음 꺽정 일행은 수원을 향하였다. 이방과 호란은 동구 어귀까지 따라와 이들을 배웅해 주었다.

호란은 밤새 울었는지 누이 퉁퉁 부었다. 그제서야 이방은 자기의 첩에게 무슨 일이 있었는지 눈치를 챘지만 짐짓 모른 척했다.

최오돌이 수원에서 무사히 돌아오던 날부터 연 사흘 동안 청석골에서는 잔치가 벌어졌다. 잔치가 끝나던 날 취의정에 여러 두령들이 다 모였을 때 나이 많은 예가가 앞으로 나섰다.

"내가 중요한 한 가지 일을 여러분과 의논하고 싶소."

"무슨 중요한 일이오?"

껑정이 반문하였다.

"우리가 지금까지는 여러 두령들이 모여 모든 일을 결정하였으나 이제부터는 대장 한 분을 모시어 도중의 대소사를 결정하는 것이 어떤가 하는 것입니다."

사실 예가는 청석골 본바닥 도적으로서 두목이 됨 직하지는 않았으나 텃세와 나이로 두목 대우를 받고 있었다.

예가는 이제 껑정이를 대장으로 받들어 모시고 자신은 한가로이 물러앉아 여생을 즐기고 싶었다.

예가는 다시한번 좌중을 주욱 살펴보고는 정중하게 말을 이었다.

"하긴 뭐 논의할 것도 없지. 임 두령을 우리 대장으로 모시면 될 것을."

예가가 두령들의 눈치를 살피더니 한마디로 잘라 말하자 껑정이만 아무 말도 없었고 나머지 두령들은 일제히 좋아했다.

"그럽시다."

"진작 그랬어야지."

잠시 후 예가는 미리 준비하였는지 주홍칠을 한 교의를 가져다가 취의정의 한 가운데 놓고 그 위에 붉은 호랑이 가죽을 씌우고 다시 그 위에다 백호(白虎)의 흰 가죽을 둘렀다. 그리고 서림과 함께 껑정이 앞으로 걸어 갔다.

"저리로 올라 앉으시지요."

예가와 시림이 까듯이 부축하자 꺽정은 손을 내젓고 사양하다가 성큼성큼 걸어 나가 교의에 앉았다. 꺽정이 취의정의 높고 의젓한 자리에 앉으니 그 위풍당당함과 장대함이 견줄 자가 없었다.

꺽정은 그로부터 청석골을 호령하는 대장이 되었고 아울러 관서 일대를 호령하는 큰 주인이 되었다.

예가는 시림과 탁기성을 천거하여 좌우 종사관으로 삼게 하고 탁기성의 의견을 쫓아 곽삼불과 삼불의 의제인 신삼출을 대장의 시위관으로 삼게 했다.

대장의 교의가 취의정의 한복판에 놓여 있고 그 좌우에 교위 열다섯 개가 마련되었다. 교의에는 모두 두령들의 이름이 새겨 놓았으니 청석골은 이제 꽉 틀에 잡힌 태산 반석이 되었다.

한양나들이

 안개가 자욱한 어느 날이었다. 임꺽정은 안 첨지 부자
를 만나러 한양으로 떠났다. 그 동안 도적질한 물건을
처분하는 일도 있었지만 그간 두메 산골에서 속이 답답
하기도 하여 바람도 쐬고 싶었기 때문이었다.
 겸사겸사하여 동소문안 안 첨지의 집에 당도하니 안첨
지와 그의 아들 안구(安龜)가 어쩔 줄을 모르며 반가워
하였다.
 "한양에 한 번 진작 오실 일이지 이런 법이 어디 있
소?"
 "선생님께 칼쓰는 법을 배우게 되니 다행이올시다."
 처음 동소문안패라는 도적놈의 이름이 나기는 안 첨지
의 아버지 안린 때부터였다.

안린은 자기의 첩들로 미인계를 써서 양반집 건달들을 꾀어다가 노름 밑천을 털었다.

원래 동소문패는 칠팔 명에 불과했으나 안린이 수단이 좋아 나중에는 무려 칠팔십 명이나 넘을 정도였다.

그 부하들은 양반집 노복들에다가 점쟁이, 무당, 판수, 돌파리, 보살 할미 등등으로 안린은 수족과 다름없이 부릴 수 있었다. 그래서 안린의 한창 때에는 한양의 모든 일들을 손바닥보듯 하기도 하였다.

이제는 안린의 아들 안봉(安鳳)이 아비의 뒤를 이어 그 모든 일들을 가름하고 있었다. 안봉은 안린보다도 덕망이 있고 관후하였다.

안봉은 안린보다 수단이 좋아 윤원형의 애첩 난정(蘭貞)의 단골 무당인 보우의 상좌들과 친하였다. 난정과 보우의 세력을 간접적으로 빌어 쓰는 까닭에 조금도 포교들의 손이 닿지 않았다.

동소문안 도적 안 첨지는 바로 안봉을 가리키는 말이었다.

안봉에게는 아들이 셋이었다. 안구(安龜)는 맏아들이었다. 안구의 나이는 비록 이십오륙 세밖에는 되지 않았지만 첩 살림에다가 기생방 출입이 잦았다.

그러다보니 오입쟁이들끼리 기생방에서 치고받고 하는 일은 예사였다.

꺽정이 인사를 받고 보니 안구는 어디서 또 얻어맞았는지 머리를 싸매고 있었다.

"머리는 어디서 다쳤소?"

꺽정이 혀를 차며 묻자 안구는 히죽 웃으면서 천연덕스럽게 대답했다.

"별것 아닙니다. 기생방에서 드잡이를 좀 했지요."

그 말에 안첨지가 잔뜩 인상을 쓰더니 손찌검을 할 듯 꾸짖었다.

"에라, 이 자식아. 남에게 두들겨 맞은 것이 무슨 자랑이라고."

꺽정은 정신이 없어 인사조차 제대로 하지 않은 것을 깨닫고 안 첨지에게 정중하게 인사를 했다.

"한동안 서울서 묵게 되겠는데 폐가 많겠습니다."

"폐라니, 무슨 섭섭한 말씀을 하십니까."

"팔아야 할 물건도 좀 있습니다만."

"물목이 있습니까?"

"있지요. 지난번에 빼앗은 해주 봉물입니다."

꺽정이 품에서 물목을 꺼내 보이자 안 첨지는 한동안 입을 다물지 못했다.

"굉장한 보물들 뿐입니다그려."

그러자 옆에 있던 안구가 놀란 시늉을 하였다.

안 첨지와 안구는 꺽정이 임시 거처할 집을 딴채로 정하였다. 안 첨지의 집은 사십여 칸짜리 본채 말고도 십여 칸 되는 조그만 집이 여러 채 있었다.

그것은 이대에 걸친 첩들과 부하 졸개의 살림집들이었다. 꺽정이가 들어 있는 딴채 안방은 재상가의 안방이 부럽지 않았다.

안첨지는 꺽정을 귀한 손님으로 대접하고 있었다.

안구는 이마의 다친 상처가 거의 나아가자 꺽정이에게 칼을 배우기 시작했다. 본래 안구의 성격이 한 가지 일에 열중하는 성격이라 한번 칼을 배우더니 놓지 않았다.

저녁을 먹고 나서 안구는 꺽정의 방을 찾았다.

"창피한 이야기를 하나 할 것이 있습니다."

안구는 그 말을 꺼내놓고 망설이더니 어렵게 말을 이었다.

"제 부탁을 들어 주시겠습니까?"

"글쎄, 무슨 말인지 들어보아야지."

"들어 주시지 않으면 안 하겠습니다."

"허 참! 해보게나."

"그럼 들어주시는 걸로 알고 여쭙겠습니다."

꺽정은 무슨 이야기인데 이러나 하고 무척 궁금하여 눈을 깜빡이며 안구가 이야기 하기를 기다렸다.

안구는 목구멍의 침을 한번 삼켰다.

"저희 집에 처음 오셨을 때 제가 머리를 싸매게 된 이야깁니다. 제가 가끔 일을 당하기는 합니다만 그 때처럼 처참하게 당한 적은 없었습니다. 장악원 앞에 있는 소향이라는 기생의 집에서 남소문 패거리가 싸움을 걸었습니다."

"그래서?"

"싸움이 나서 제 머리가 이 지경이 된 것은 둘째치고 그놈들이 제게 모욕을 주었습니다."

"어떻게?"

"제 머리를 깨놓고 아주 더러운 시조를 읊었습니다."

"한번 자네가 읊어보게."

"옥으로 함을 파고
너와 나를 넣은 뒤
금거북 자물쇠를
엇슥엇슥 잠귀놓고
창천이 우리 뜻 받아
열쇠없이 하리라."

"그것 참 흉한 일이군. 그래 내게 부탁할 것이 뭔가?"

"그놈들에게 앙갚음을 하지 않고서는 견딜 수가 없습니다."

"이 사람아, 내가 기생방 매질꾼인가?"

"한 번만 분풀이를 해주십시오."

"그저 그 중에 힘깨나 쓰는 놈만 맡아 주시면 나머지는 저희가 알아서 해치우겠습니다."

"그래, 그 놈이 얼마나 힘을 쓰는가?"

"잘 모르겠지만, 소향이 집에 있는 큰 청도화로 두 개를 한 손에 하나씩 들어 옮기는 것을 보았습니다."

"그래, 그 놈에게 일을 당했단 말이지?"

"그럼요, 그 놈에게 꼼짝을 못했습니다."

"온 저런, 쯧쯧쯧."

"한숨만 나옵니다."

안구는 생각할수록 속이 상하는 모양이었다. 꺽정은 안쓰러웠다.

"지금 그년의 집으로 갈텐가?"

"지금이라도 괜찮으시다면……"

안구는 꺽정이와 함께 동소문안패 부하 열 명을 거느리고 영풍교(永豊橋)를 지나 수표교(水標橋) 천변을 끼고 올라갔다. 그 근처에다가 여러 사람들을 기다리게 하고 안구와 꺽정은 골목 안쪽으로 꺾어져 들어왔다. 바로 막다른 골목에 있는 큰 집이 소향의 집이었다.

마침 남소문패들의 노래 소리가 크게 들려 왔다.

옥으로 함을 파고
너와 나를 넣은 뒤
금거북 자물쇠를
엇슥엇슥 잠궈놓고
창천이 우리 뜻 받아
열쇠없이 하리라.

"저 놈들 보십시오."

"음."

소향의 집안에서 노래 소리가 끝나고 웃음 소리가 터져 나왔다.

"와하하하!"

"우하하핫!"

"안구라는 놈 또 안 오나?"

"왜? 또 때려서 쫓을라구?"

"와하하하."

밖에서 이 말을 듣고 있던 안구는 화가 치밀어 미칠 지경이었다.

두 사람은 집 안으로 몰래 들어가 장지문에 귀를 대었다. 그 때였다. 안에서 갑자기 날카로운 소향의 소리가 들렸다.

"이게 무슨 짓이에요?"

"한 번 이렇게 해보자니까."

기운깨나 쓴다는 놈의 능글거리는 소리였다. 그러자 안에 있던 여러 놈들이 킬킬대며 맞장구를 쳤다.

"좋지, 좋아."

"좋고말고."

"그래, 여럿이 있는 데서 한번 해보시우."

"암, 물론이지."

기운깨나 쓴다는 놈이 소향을 끌어안고 꼼짝 못하게 한 다음 옷을 하나씩 벗겨내렸다.

"이러면 안 돼요!"

"한 번만 하자!"

"여러 사람들이 있는 데서 이게 무슨 짓이에요?"

"그게 어때서 그러냐?"

"아이, 제발 그만해요."

"썩어서 흙 될 육신 뭘 그렇게 아끼느냐?"

"아끼는 게 아니라 사람들이 이렇게 보는 데서 이게 무슨 짓이에요."

"자, 이것 마저 벗자."

놈이 소향을 마지막 속옷을 벗기려고 하였다. 밖에서 이를 훔쳐보던 꺽정이 더는 안 되겠다고 생각했는지 문을 드르륵 열었다.

그러자 안구가 먼저 뛰쳐 들어갔다.

"다들 무사하고 편안한가?"

안구의 뒤에는 육 척이 넘는 키에 기골이 장대한 사내가 버티고 있었다. 수염은 검붉은 데다가 코는 주먹만하고 퉁방울 같은 눈에는 흰자가 하나 그득한 사내였다.

방안에 있던 사람들 모두 안구의 뒤에 서 있는 사람을 쳐다보았다. 소향의 옷을 벗기려던 놈은 믿을 수 없다는 얼굴이었다.

"흐흠."

꺽정이 남소문패들의 기세를 위압하며 방안으로 들어섰다. 방안에는 살기가 등등하였다.

남소문패의 힘깨나 쓴다는 놈이 청동화로를 한 손에 쥐고 웃목으로 스윽 옮겨 놓았다.

놈은 꺽정을 쳐다보며 씨익 웃었다. 꺽정은 하품을 한번하더니 청동화로를 물끄러미 보았다. 꺽정은 한 손으로 청동화로를 움켜쥐었다.

"빠지직 빠지직."

단단한 청동화로가 꺽정의 손아귀에 납짝코가 되어버렸다. 남소문패들의 얼굴이 노랗게 질리더니 기운깨나 쓴다는 놈을 바라보았다. 놈은 매우 난감한 표정을 지었다.

방안의 공기가 단번에 돌변하고 있었다. 남소문패 중에 점잖게 생긴 자가 조심스럽게 중얼거렸다.

"새것이 들어오면 옛것은 나가는 법이니. 우리는 이만……"

남소문패들은 그 말을 마치기도 전에 서로 의논이나

한 듯이 문을 열고 밖으로 꽁무니를 빼려고 했다.

그 때 웃목에 가만히 앉아있던 검붉은 수염의 사내가 조용히 말했다. 조용히 말을 하는 데도 방안이 울리는 것 같았다.

"들어올 때는 마음대로 들어왔지만 나갈 때는 마음대로 못 나가지."

꺽정의 엄포에 질린 남소문패들은 이제 어쩔 줄 몰라 저희 우두머리만을 쳐다보았다. 패거리들의 시선을 받자 힘깨나 쓴다는 놈이 이를 악물고 대들었다.

"무엇이 어째!"

놈이 주먹을 막 쥐려고 하자 꺽정의 왼쪽 주먹이 턱에 꽂혔다. 꺽정은 가만히 서서 한 쪽 주먹만을 날렸다.

"억!"

"아이쿠!"

"사람살류."

놈의 비명 소리가 계속해서 쏟아져 나왔다. 그 힘깨나 쓴다는 놈은 한쪽 구석에 쳐박혀 숨도 제대로 고르지 못했다. 꺽정이 가볍게 손을 풀더니 안구에게 일렀다.

"이제 밖에 있는 사람들을 전부 부르게."

"네네."

사람들을 부르러 가던 안구는 엉덩이춤이 절로 나왔다. 밖에 있던 사람들이 모이자 꺽정이 남소문패들에게 타일렀다.

"너희들이 이 사람들에게 공연한 시비를 걸어 사람을 쳤으니 이분들께 깍듯이 사과하여라."

남소문패들이 우물쭈물하자 꺽정이 냅다 호통을 쳤다.

"어서 사과하지 못하겠느냐?"

남소문패들이 서로 눈치만 보다가 안구에게 머리를 숙였다.

"지난번의 일은 우리가 잘못했소."

놈들이 머리를 조아리며 싹싹 빌었다. 꺽정이 귀찮다는 듯이 한 마디를 뱉았다.

"어서 썩 꺼지거라."

꽁무니가 빠지게 도망가는 놈중에는 버선발로 뛰는 놈도 있었다. 그 꼴을 보고 꺽정이가 안구에게 말했다.

"우리도 그만 가세."

안구는 기분이 매우 좋은지 싱글싱글했다.

"어디 그냥 갈 수 있습니까?"

"그럼 어쩔려구?"

"가만히 계십시오."

안구는 부하들을 불러 모았다.

"여보게들!"

"예."

"집에 가만히 가서 청동화로 하나하고 술과 안주 좀 가져오게나."

안구의 부하 서너 사람이 밖으로 나갔다. 안구가 남은 부하들하고 지껄이고 나서 소향이를 불러 꺽정의 곁에 앉혔다.

"나는 임 건달이라는 위인일세. 자네가 소향이라지?"

"그렇습니다."

소향이는 고개를 숙이고 대답하면서 꺽정이를 자꾸 힐 끗힐끗 훔쳐보았다.

"고향이 어딘가?"

"송도이옵니다."

"그러기에 한양에서 자네 이름이 제법 높지."

"별소리를 다하십니다. 견달님은 고향이 어디십니까?"

"음, 나야 먼 하향 사람일세."

"꼭 한양 양반 같으십니다."

"양반이라? 어디 양반의 종자가 따로 있다더냐?"

"어찌 그런 말씀을 하십니까?"

"……"

"제가 술을 한잔 올리겠습니다."

소향이가 술을 따르면서 꺽정의 옆에 더욱 붙어 앉으 니 계집의 고운 얼굴이 더욱 환하게 드러나 보였다.

꺽정은 슬그머니 딴 생각이 일었다.

"몇 살이나 되었나?"

"환갑이 다 지났습니다."

"환갑이 지나다니?"

"기생 나이 스물이면 환갑이랍니다."

"그래 환갑에서 얼마나 지났는고?"

"호호호. 스물다섯이에요."

"그래."

꺽정이는 소향의 등을 어루만지면서 고개를 끄덕였다. 안구는 여러 부하들과 희희덕거리다가 소향에게 한마디 를 툭 던졌다.

"저 어른이 내 선생님일세. 소시 이래로 오입이란 걸 모르는 분이니 좀 시켜드려서 길 좀 터드리게."

그러더니 안구는 소향이에게 다가와 귀에다 대고 뭐라고 소곤거렸다. 소향은 얼굴이 벌개지더니 화를 냈다.

"누가 그런 소릴 하랬소?"

소향이 발칵 화를 내자 꺽정이가 궁금하여 물었다.

"아니, 무슨 소리를 했길래 이렇게 고운 사람이 화를 내게 하였나?"

안구는 재미있다는 듯이 히죽거리며 넉살을 떨었다.

"아, 우리 선생님이 힘 좋으신 게 팔힘뿐만이 아니라고 하였더니 괜히 저럽니다."

"이런 실없는 사람같으니라구."

꺽정이 어이없어 웃자 소향이는 더욱 얼굴이 빨개졌다. 처음에 소향이는 꺽정이를 무섭게만 보았는데 상냥스럽기가 그지없고 인정이 바다와 같은 것을 느꼈다.

자세히 꺽정의 얼굴을 보니 위풍당당한 대장부의 기상이 온몸에 서려 있었다.

꺽정을 바라보는 소향의 눈이 초롱초롱 빛을 내었다. 소향이가 권주가까지 부르며 꺽정에게 아양을 떨었다.

밤이 꽤 깊어서야 꺽정이 일행은 소향의 집을 나섰다.

"다음에 또 보세."

소향의 눈빛이 매우 아쉽게 꺽정을 바라보았지만 처음 길이라 그냥 문을 열고 나섰다.

남소문패들과의 일이 있은지 며칠이 지난 저녁이었다. 안구가 꺽정의 방문을 열고 들어오며 호들갑을 떨었다.

"큰일났습니다."

"웬일인가?"

"소향이가 변을 당했습니다."

"무슨 소리야?"

"며칠 전 제가 남소문 왈짜패들이 궁금하기에 혼자 소
향이 집엘 가지 않았겠습니까."

"그래서."

안구는 숨을 몰아쉬더니 난감한 듯 말을 이었다.

"큰 야단을 당하였습니다."

"야단이라니?"

"선생님을 모시고 오지 않았다고 소향이에게 큰 변을
당했습니다."

"난 또……"

"게다가……"

"……?"

"아, 글쎄. 소향이란 년이 선생님을 뵙지 못해 안달을
하다가 그만 병이 나서 누웠답니다."

"별일도 다 있구나."

"선생님도 소향이가 싫지 않으시지요?"

"싫기는커녕 이 밤으로 한번 만났으면 좋겠구만."

"그렇지 않아도 지금 모시고 가려던 참입니다."

그 길로 안구는 서둘러 꺽정이를 끌고 소향이 집으로
향했다. 한 번 보면 초면이요 두 번 보면 구면이었다. 더
구나 병이 나서 자리에 드러누운 소향이를 보니 꺽정이
는 측은한 마음을 걷잡을 수 없었다.

'나 때문에 병이 나다니……'
하는 생각밖에 없었다. 병중이라서 그런지 소향의 얼굴
은 더욱 희게 보였다.

"이렇게 고운 계집이 있다니."

소향을 자세히 보니 하얀 얼굴에 동글납작한 모습이
해사하여 검고 숱이 많은 머리카락이 더욱 마음에 들었
다. 안구는 한참 동안 두 사람을 바라보다가 자리에서
일어섰다.

"선생님을 모셔다 놓았으니 저는 돌아갈랍니다."

꺽정이 인사만 하고 돌아서는 안구를 불렀지만 안구는
이미 문밖으로 사라져 버렸다.

소향은 말없이 꺽정을 쳐다보았다. 소향의 두 눈이 촉
촉히 젖어 있었다.

소향은 소리도 내지 않고 눈물만 흘렸다. 그것을 바라
보고 있자니 꺽정의 마음은 더욱 비감해졌다.

"울기는……"

꺽정은 소향의 이마에 한 손을 얹어 보았다.

"어디가 아프냐?"

소향은 대답하지 않고 눈을 감더니 아랫입술을 깨물었
다. 꺽정은 소향이의 흐트러진 머리를 넘겨주며 볼을 쓰
다듬었다. 미소를 살짝 머금고 꺽정을 쳐다보던 소향은
꺽정의 손에 입을 맞추었다.

꺽정은 그 모습이 얼마나 고운지 슬그머니 연정이 솟
아 올랐다.

"여기가 아픈가."

그렇게 중얼거리면서 꺽정이는 소향이의 가슴을 더듬어갔다. 소향은 배시시 웃으며 떴던 눈을 다시 감았다.

꺽정의 손은 봉긋한 젖가슴을 만지고 있었다. 마치 잘 익은 복숭아 같았다.

손은 점점 아래로 내려갔다. 가슴 아래를 더듬어보니 앙증맞은 배꼽이 만져졌다.

꺽정은 손을 더 아래로 뻗으며 능청을 부렸다.

"아픈 곳이 여긴가?"

꺽정의 손끝에 까칠한 감촉이 닿았을 때 소향이가 환하게 웃으면서 꺽정의 손을 잡아 챘다.

"그만 하시고 어서 이리 들어오세요."

밤은 점점 이슥해졌다. 꺽정이는 못 이기는 척하고 소향의 비단 이불 속으로 들어갔다.

"도대체 어디가 아프지?"

꺽정이가 이불 속으로 들어오자 소향이는 꺽정의 가슴에 와락 안겼다.

"이대로 죽을 때까지 있었으면."

소향은 한없이 꺽정의 얼굴만 보고 싶었다. 한 손으로 꺽정의 얼굴을 더듬던 소향이 감동한 듯 입술을 열었다.

"어쩜 이리 코가 크고 잘 생겼을까."

"허허, 너는 코 큰 사내를 찾고 있었구나."

소향은 무슨 소리인 줄 알아들었다는 듯이 웃었다.

"호호호. 나리도 참 별말씀을 다하세요."

웃는 소향의 입김이 귓불에 닿자 꺽정은 몸이 후끈 달아 올랐다.

꺽정은 소향을 반듯하게 눕혔다. 얼굴을 맞대고 보니 소향의 얼굴은 눈이 부실 것처럼 아름다왔다.

꺽정의 눈이 이글이글 타올랐다.

"소향아."

꺽정은 소향의 빨간 입술에 입술을 포갰다. 향내가 나는 것 같았다.

소향은 눈을 감았다.

"나으리."

소향은 귓가에서 들리는 거친 숨 소리를 듣고 있었다. 크지만 부드러운 손길이 소향의 옷을 하나씩 벗겨내었다.

꺽정은 벌거벗은 소향의 엉덩이를 들었다. 두 사람의 머릿속에는 아무것도 남아 있지 않았다.

밤은 영원히 끝날 것 같지 않았다.

얼마쯤 지났을까. 방안에는 온통 밤꽃 냄새가 가득하였다. 소향은 땀에 젖은 사내의 가슴을 손끝으로 가만히 만졌다.

"나으리는 정말 힘이 장사세요."

"내 힘 좋은 것을 어찌 알았누?"

"그걸 모를까요?"

"무엇으로 알았느냐?"

"일전에 남소문패들을 쥐고 흔든 거라든지."

"겨우 그뿐이야?"

"웬걸요."

"그럼?"

"지금 모셔 뵈오니."

"그래, 모셔보니 어떠냐?"

"아이……"

"왜? 부끄러운가."

"환갑이 지난 기생이 부끄러울 게 어딨어요?"

"그러면 어서 말을 해보아라."

"나으리는 팔뚝 힘만 좋은 게 아닌 것 같아."

"그럼?"

"아이, 몰라요."

"허허허."

"호호호……"

소향은 꺽정의 가슴에 얼굴을 묻었다. 두 사람은 모두 행복감에 젖어 가슴이 뿌듯하였다.

소향이 꺽정의 가슴 속에서 가만히 속삭였다.

"나으리. 저를 버리지 마세요."

"……"

꺽정이에게 소향이가 인생에 처음 겪는 계집도 아니요, 인생 처음으로 사내를 맞는 소향이도 아니었지만 두 사람은 신혼의 첫날밤 같았다.

창밖이 부옇게 밝아오고 있었다. 꺽정은 다시 소향을 끌어안았다.

진골(眞骨) 여인

　그 이후로 소향은 장악원에서 찾는 날이라도 꾀병을 핑계로 나가지 않는 날이 많았다. 그것은 대개 꺽정이가 와서 자고 가는 날이었다.

　때로는 단골들이 여러 날 찾아와도 문을 열어주지 않았는데, 그 역시 꺽정이가 죽치고 앉아 묵고 있었을 때였다.

　꺽정은 소향이에게 파묻혀 있다시피 하였지만 가끔은 동소문 안에 있는 안구의 집에서 장물 팔아온 것을 셈하기도 했다. 그것은 어마어마한 액수였다.

　"떵떵거리는 부자 열 명의 재산은 되고도 남겠습니다."

　장물을 팔아 온 안구는 침을 튀겨가며 흥분했다. 그러나 꺽정은 눈 하나 깜짝하지 않았다.

"그게 모두 내 것은 아니라네."

"선생님 것이 아니면 누구의 것입니까?"

"내 것은 절반 정도이고 나머지는 산중 식구들 것이지. 어쨌든 그게 그렇게 값이 나가나?"

"값나가는 물건들만 가져 오셔 놓고는……"

뚱딴지 같은 물음이라는 표정으로 안구가 대답하자, 꺽정은 빙긋이 웃음을 띠우며 돈꾸러미에서 수십 냥을 떼어내어 안구의 무릎 앞으로 툭 던졌다. 수고비까지 잊지 않는 꺽정이의 자상한 마음씀새에 안구는 연신 머리를 조아렸다.

"그나저나 재물은 넘치고 시간은 넉넉하니 자네 덕분에 소실 호강이나 해볼까?"

"선생님도 참…… 영웅 호색이라더니. 한 분 계신데 또 다른 분을……?"

"이 사람아, 누구는 삼천궁녀도 거느리는데 계집 둘을 거느리지 못하겠나?"

가소롭다는 듯 거침없는 꺽정의 말에 안구는 고개가 끄덕여졌다.

"선생님은 워낙 힘이 좋으시니까!"

"힘은 무슨……"

"그 힘을 큰일에 쓰셔야 하는데…… 젠장! 세월을 잘못 만나 영웅 호걸의 아까운 힘을 썩히시니 안타깝습니다."

진심에서 우러나오는 안구의 넋두리가 쑥스럽다는 듯 꺽정은 손을 내저었다.

"영웅 호걸은 무슨 얼어죽을⋯⋯"

"선생님은 하늘이 내신 분이 틀림없습니다."

"허, 참⋯⋯ 요 모양 요 꼴인 나를 보고도 그런 말을 하는가!"

칭찬이 불편한 듯 자신을 계속 깎아 내리는 꺽정을 무시하고, 안구는 확신에 찬 눈빛으로 말을 이었다.

"장차 두고 보십시오. 선생님은 매사에 몸조심하시고 신중하셔야 합니다."

"이 사람아, 훈계는 그만 두고 첩 얻을 궁리나 좀 해주게!"

그제서야 안구는 슬몃 웃음을 띠우고, 바깥을 향해 돌이 할멈을 불렀다.

"돌이 할멈, 요전에 말하던 종실녀(宗室女) 형옥이 건은 어찌 되었소?"

"말도 마시오. 형옥의 일은 듣는 이마다 분해하지 않는 사람이 없답니다!"

"무슨 일이 있소?"

돌이 할멈은 자신의 일이라도 되는 양 흥분하였다. 할멈의 말은 이러했다.

세도가 하늘을 찌르는 윤정승의 외삼촌 되는 박가란 위인이 있는데, 이 자는 방탕함과 호색 기질이 개만도 못한 인간이라고 했다. 바로 이 자가 형옥을 탐내어 홀로된 어미를 권력과 돈으로 눌러, 싫다는 형옥을 억지로 소실 삼기로 했다는 것이다.

형옥이 날마다 눈물로 세월을 보낸다는 말에 이르자

돌이 할멈은 옷고름을 들어 눈물을 찍는 시늉을 했다.

"권세는 막고 돈은 뿌리치면 될 게 아니오."

꺽정이가 듣다 못해 말참견을 하자, 돌이 할멈은 긴 한숨을 내 쉬었다.

"삼 년 전에 아비가 죽은 뒤로 목구멍이 포도청이지요. 그래도 형옥은 죽으면 죽었지 그 자에게 안 가겠다고 버티더니…… 쯔쯧."

"색씨가 이쁘오?"

꺽정이 물었다.

"아, 누구의 뼉다귀가 섞였는데 곱지 않겠소!"

"뼉다귀야 모두 단군 할아버지 뼉다귀지 별 뼉다귀가 있나."

"그래도 신라 이래 진골(眞骨)이 따로 있지 않았습니까!"

"하여간 진짜 뼉다귀고 가짜 뼉다귀고간에 색시를 한 번 봐야지."

옆에 있던 안구가 서두르는 꺽정의 심정을 읽었는지 할멈을 재촉했다.

"쇠뿔은 단김에 빼렸다고 이 길로 선을 주선하오."

성벽 북쪽을 끼고 한참 거슬러 올라가니 곧 배바우골이 나타났다. 탐스러운 살구나무가 서너 그루 우뚝 솟아 있고 그 아래로 큰 우물이 있었다. 그 우물 뒤로 형옥이 사는 퇴락한 초가삼간이 바라보였다.

초가집 둘레에는 인가라고는 통 찾아볼 수가 없고, 그

안쪽으로 수백 보 앞에 다른 초가집 두서너 채가 외롭게 서 있을 뿐이었다.

세 사람이 다가서려는 순간, 형옥의 집에서 이상한 소리가 들려 왔다.

"사람 살려요!"

공포에 질린 여자의 비명 소리가 새어나오고 있었다.

"도적놈이 든 것이 아닐까요?"

안구의 말에 돌이 할멈은 짚이는 데가 있는 듯 순간적으로 표정이 어두워졌다.

꺽정이 앞장서서 성큼성큼 다가갈수록 남자와 여자의 목소리가 뒤섞여 흘러나왔다. 마치 싸움을 하는 듯 둔탁한 소리까지 간간히 들렸다.

그 때, 넘어 갈 듯한 여자의 다급한 비명 소리가 또 한번 꺽정의 귀에 예리하게 파고들었다.

"사람…… 살려……"

꺽정이 먼저 사립문 안으로 뛰어 들어서니, 사랑방에서 남자의 거친 숨소리와 함께 통탕거리는 소리가 귀를 울렸다.

어느 틈엔가 돌이 할멈도 안으로 달려와서 꺽정에게 속삭였다.

"바로 저놈이 윤원형의 외숙놈 같은데 강간하는 모양입니다."

말이 떨어지기 무섭게 꺽정이 사랑방 문을 왈칵 열어제꼈다. 방안에는 차마 눈으로 볼 수 없을 정도의 참혹한 광경이 벌어지고 있었다.

여자의 치마와 속옷들은 무참하게 갈기갈기 찢겨 있었고, 입술과 코에서는 피가 흥건히 흐르고, 거품까지 뿜어 나오고 있었다. 여자의 찢어진 아랫도리엔 아무것도 가린 것이 없었다.

박가는 거의 미친 수캐처럼 씨근덕거리고 있었다. 그 역시 얼굴 여기저기에 생채기가 생겨 피가 흘렀다.

그러나 음흉한 미소가 얼굴 가득히 퍼져 있었다. 바로 그 순간이 기운에 못이겨 기절하려는 여자를 이용해 짐 승같은 욕망을 채우려는 찰라였기 때문이었다.

여자의 모친 또한 안방에서 대들보에 줄을 걸어 목을 매려 하고 있었다. 딸과 박가와의 무서운 실랑이질을 바라만 보고 있던 어미는 마침내 죽음으로라도 모든 것을 해결하려 했던 것이다.

돌이 할멈이 안방의 모친을 황급히 말렸고 꺽정이는 문을 열었던 것이다.

"이 개같은 놈아!"

꺽정이 호통을 치자, 박가는 욕정이 그득한 히멀건 눈을 부릅뜨고 맞섰다.

"웬 놈인데 남의 일에 간섭이냐?"

"사람의 탈을 쓴 더러운 개새끼 같으니라구!"

꺽정이 한발을 방안으로 들여 놓으려는 순간, 박가는 큰 놋사발을 들어 꺽정을 향해 번개처럼 후려쳤다.

보통 사람 같으면 얼굴이 묵사발이 되었겠지만 꺽정은 워낙 몸이 날쌨다. 날아오는 놋사발을 옆으로 살짝 피하면서 박가의 상투를 거머쥐었다.

아이쿠!

박가의 입에서 단발마가 터져 나왔다. 그 상투를 번쩍 치켜들고 박가의 얼굴을 바라보았다. 박가는 벌써 오십이 넘은 위인이었다.

"이놈아, 딸이래도 몇 째 딸같은 것을 겁탈하려 해! 너 같은 놈은 단번에 쳐죽여야 하지만 한 번만 용서할 테니 썩 꺼지거라!"

꺽정은 말이 끝나기 무섭게 상투를 잡아 밖으로 내던져 버렸다. 마당에 처박힌 박가는 고통스러운 비명을 지르더니 어느 샌가 부리나케 도망치고 있었다.

방안의 처녀는 갈갈이 찢기운 속옷 때문에 소중한 곳들이 허옇케 드러나 있었다.

꺽정은 그녀의 고운 속살에서 눈을 떼려고 했지만 보면 볼수록 곱다는 생각을 떨칠 수가 없었다. 오똑한 콧날은 재주가 있어 보였고 이마는 여자치고 도량이 넓어 보였다. 찢어진 속옷 사이로 보이는 말할 수 없이 흰 살결은 하나의 그림과 같았다.

꺽정은 속으로 '저만큼 고우니 박가놈이 환장을 안 할 수 없지' 라고 찬탄을 했다.

'전주 이씨라니 진골은 분명하고…… 후일을 위해 종실녀를 아내로 두는 것이 이로울 듯하기도 한데……'

이런저런 궁리를 하고 있는 동안 돌이 할멈이 처녀의 어머니를 데리고 사랑방으로 들어섰다. 헝클어진 딸의 모습을 본 어미의 눈에 눈물이 흘러내렸다.

돌이 할멈이 처녀의 입에 냉수를 흘려 넣자 기절했던

색시가 깨어났다. 정신을 차린 처녀가 부끄러운 마음에 일어서 나가려 하자 돌이 할멈이 말렸다.

처녀의 어미가 어느새 옷을 가져다 아랫도리를 우선 가리게 했다. 색시도 겁에 질려 있던 터라 순순히 앉았다.

"이 어른이 바로 저번에 말씀드렸던 임 선달님이십니다."

형옥의 어머니는 손을 모아 합장하며 공손히 인사했다.

"오늘 우리 딸을 구해주신 은혜를 무엇으로 갚겠습니까."

고생살이에 주름이 늘었을 뿐 모친도 귀부인다운 도량이 엿보이는 태도였다. 형옥의 어머니는 눈물을 글썽이며 딸을 나직이 불렀다.

"아가, 이 어르신네가 아니었으면 우리 모녀가 다 죽었을 것이야. 우리를 낳으신 이도 부모요, 우리를 기르신 이도 부모지만 우리를 살려주신 분도 부모에 못지 않으신 은인이시다. 어서 인사 올리거라."

"고마우신 은덕, 무엇으로 갚을는지요."

형옥은 다소곳이 고개를 숙여 꺽정에게 예를 갖추었다. 이 때를 놓치지 않고 돌이 할멈이 꺽정에게

'이만하면 어떻소?"

라는 눈치를 보냈다.

꺽정은 흡족한 눈짓으로,

'그만하면 훌륭한 여자요!'

라는 표정을 지어 보였다.

돌이 할멈은 형옥의 어머니에게 단도직입적으로 말을 건넸다.

"쇠뿔은 단김에 빼랬다고 우리 아주 결단을 냅시다. 이만한 자리에 이 어른만한 사람이면 피차 조금도 손해 볼 것은 없습니다. 생명의 은인에게 평생을 맡기는 것이 어떨는지요."

어머니는 딸에게 의견을 물었다.

"아가, 네 생각엔 어떠냐?"

"......"

"내 생각 같아서는 안성맞춤 같구나."

그 때서야 딸도 그 어머니를 바라보며

'그렇다면 어쩔 수 없지요'

하는 눈치였다.

"모녀분이 다 좋답니다."

어느새 돌이 할멈이 눈치빠른 대답을 하였다.

그 때였다. 삽작문이 부서지는 요란한 소리가 났다.

"박가 놈이 여러놈들을 끌고 온 모양입니다."

색시 어머니는 파랗게 질려 목소리가 떨렸다. 형옥이 또한 겁에 질려 아래턱을 덜덜 떨고 있었다.

"백 명이 아니라 천 명이 쳐들어와도 아무 일 없을테니 걱정 마시오."

꺽정이 꿈쩍도 않고 호탕하게 외치자, 방안은 공포와 안도가 뒤섞였다.

"이놈, 도적놈아! 어서 나오너라!"

박가의 고함 소리가 들렸다.

꺽정은 눈 하나 깜짝하지 않고 방문을 열어제꼈다. 마당에 하나 가득 흰 수건으로 이마를 동여맨 사람 이십여 명이 주욱 늘어 서 있었다.

이들은 손에 모두 몽둥이를 치켜들고는 눈에 살기를 띠고 있었다.

먼저 박가가 큰 소리로 협박하기 시작했다.

"네놈을 포를 떠서 술안주로 하고 말 테다, 이놈아!"

"어허, 다 늙은 놈이 대낮에 겁탈을 하려 하지 않나…… 헛소리를 지껄여대질 않나."

꺽정의 말이 끝나기가 무섭게 칠팔 명의 장정이 진흙발을 한 채 툇마루 위로 올라섰다.

순간, 꺽정은 날쌔게 툇마루 한 옆을 잡아 힘껏 나꿔챘다. 우지끈 하는 소리와 함께 툇마루가 송두리째 뽑히면서 그 위에 있던 장정들이 일시에 마당 바닥에 머리통을 처박고 말았다.

"이만하면 내 힘을 알아 보겠느냐?"

호령기있는 꺽정의 목소리에 박가는 아랫입술을 씰룩였다. 박가는 옆에 있던 젊은 자에게 무어라 귓속말을 속삭였다. 그러자 그 자는 쏜살같이 삽작문 밖으로 달려나갔다.

"이놈아, 칼이 와도 네놈의 배는 무쇠배때기라더냐? 하하하……"

무엇을 믿고 있는지 박가는 오히려 배짱을 부렸다. 혼구멍이 난 박가의 부하들과 꺽정은 서로 노려만 보고 있었다.

그 동안 돌이 할멈은 모녀와 함께 서둘러 보따리를 꾸렸다. 거의 보따리를 다 싸가는데 동네 어귀에서 사람들이 달려오는 소리가 거칠게 들려 왔다.

꺽정이 그쪽을 바라보니 포교 십여 명이 몰려오고 있었다. 태연하던 안구도 이번엔 겁을 집어먹고 꺽정에게 급한 목소리로 걱정을 했다.

"선생님 정말 큰일났습니다!"

"하하하…… 천하의 대검객이 여기 계신데 포교 십여 명쯤 무슨 상관이 있겠나!"

꺽정은 조금도 흐트러짐없이 웃음을 터뜨렸다. 포교들이 마당 안으로 쏜살같이 몰려 들어왔다.

"어느 놈인지 빨리 나와서 곱게 오라를 받아라! 거역하면 이 칼맛을 보일테다!"

"흐흐흐흐……"

태연한 웃음 소리에 포졸들은 불안한 기색을 보였다. 평생 이처럼 대담하게 나오는 놈은 처음 보았기 때문이었다.

"이놈들아, 포도청에 자빠져서 낮잠이나 잘 것이지 남의 일에 웬 간섭이냐!"

꺽정의 빈정거리는 태도에 포교들이 칼을 빼어들고 한 걸음 두 걸음 육박해 들어왔다. 꺽정은 안중에도 없다는 듯 말을 계속 이어나갔다.

"시퍼런 대낮에 남의 처녀를 강간하려는 미친개의 버릇을 고쳐준 것뿐인데, 네놈들이 윤원형인가 도적놈인가

하는 외숙되는 놈의 편을 들려고 하다니!"

순식간에 시퍼런 포교의 칼날이 날아들었다.

꺽정은 육중한 몸을 엇비슷이 피하면서 왼발로 포교의 팔을 걸어챘다.

철컥! 하는 소리와 함께 칼날이 땅위에 꽂혔다. 포교는 워낙 세차게 걸어채여, 팔이 부러진 듯이 쩔쩔맸다.

꺽정의 서슬에 질린 포졸들과 머리 터진 놈들이 멍하니 바라만 보고 있었다.

"이놈들아, 내 칼맛을 볼테냐! 그렇지 않으면 도망쳐서 목숨을 연장시키겠느냐!"

검술로는 워낙 천하의 명검인데다가 날래기가 천하일품인 꺽정이었다. 그의 현란한 몸동작을 본 상대들은 주눅이 들어 엉덩이가 빠질 지경이었다.

포교는 덜렁이는 팔을 안고 핏발선 눈초리로 앙갚음을 하려는 태도였다.

"이 쌍놈들아, 한꺼번에 쳐 없애지 못하겠느냐! 한 놈이라도 물러설 때엔 죽음밖에 없을 것이다!"

포교가 제분에 못이겨 엄하게 호령하자 여러 포졸들이 일시에 칼을 겨누고 달려들었고, 머리 깨진 자들 역시 엉거주춤하게 몽둥이를 겨누며 합세하였다.

"너희 같은 놈들은 수백 명이 달려들어도 겁벌 사람이 아니다만, 목숨이 불쌍하니 어서 흉기를 싸가지고 물러들 가거라!"

꺽정이 호령하였다. 그래도 조무래기들은 영문도 모르고 덤벼들었다.

꺽정은 그들의 팔을 후려쳤다. 그것도 칼 잔등으로 치는 것이었다. 삽시간에 이십여 명의 몽둥이와 칼이 즐비하게 떨어졌다.

포교는 그 광경을 보고 화가 머리꼭지까지 치받았다.

"어서 칼을 주워 저놈의 목줄을 따지 못하겠느냐!"

떼로 달려들어도 맥없이 주저앉은 것이 분했는지, 여러 포졸들이 이를 악물고 더욱 세차게 몰아쳐 들어갔다.

"너희 놈들에게 여러번 기회를 주었다마는 이제 할 수 없구나!"

박가 일당이 일제히 달려들자, 이번에는 칼 잔등이 아니라 칼날이 손목을 향해 번뜩였다. 피를 뿜으며 손목이 여기저기 떨어져 나갔다. 여기저기서 비명 소리가 연이어 터져 나왔다.

삽시간에 피비린내가 마당 안에 훅훅 풍겼다. 이십여 명이 모조리 팔목이 떨어지고 옆구리를 찔리워 즐비하게 나자빠져 있었다.

꺽정은 방안으로 달려 들어가 안구에게 일렀다.

"자네는 여자들을 데리고 사잇길로 먼저 빠져나가 동소문 안으로 들어가게."

안구는 대답은 하지 않고 꺽정에게 넋을 잃고 있었다.

"선생님 칼 쓰시는 광경을 오늘 처음 보았습니다. 이런 장관은 평생 처음입니다."

"……"

"입신(入神)이라더니…… 진정 귀신의 실력이었습니다."

"그만 입놀리고 어서 걸음을 재촉하게."

"선생님은……"

"나는 할 일이 있네."

꺽정은 방안 구석에 있던 이부자리와 헌 치마자락들을 뜯기 시작했다.

안구와 여인들이 집을 빠져나간 다음, 꺽정은 마당가에 즐비하게 나동그라진 자들을 결박지어 옆으로 밀어 앉히는데 그 중 한 놈이 소리를 질렀다.

"으악! 사람살려."

한 놈이 고함을 지르자 여럿이 따라서 아우성을 치기 시작했다.

꺽정은 이불 솜으로 모조리 재갈을 물리고 고함을 쳤다.

"이제 극락 세계로 보내주마. 저승에 가서 잘 살아라!"

놈들을 모조리 안방과 사랑방에 처넣고는 이불과 헝겊들에 불을 질렀다. 꺽정이 문밖으로 나왔을 때에는 불길이 하늘로 치솟고 있었다.

몇 걸음 내려오니 우물이 눈에 띠었다. 뒤탈을 막기 위해 불을 지른 꺽정은 만에 하나라도 마을 사람들이 우물 물로 불을 끌지도 모른다는 생각에 이르자 주위를 둘러보았다.

아름드리 살구나무가 눈에 들어왔다. 두 그루를 온힘을 다해 뽑아 올렸다. 워낙 고목이어서 우지끈! 하는 소리가 귀청을 울렸다.

꺽정은 나무를 우물에 메다 꽂았다.

'이만하면 아무리 고함을 질러도 불을 끌 수 없겠지.'

그는 안심하며 어슬렁어슬렁 산기슭을 내려오는데 마음이 편치 않았다.

청석골 대장이 백주 대낮에 그것도 한양 장안 한 모퉁이에서 이게 무슨 짓인가 하는 후회가 들었다. 이 모두가 계집 때문이라는 생각이 들자 쓸쓸했다.

그는 어느 골목에 이르러 뒤를 돌아보자 그제서야 동네 여자들이 모여드는 것이 보였다. 그러나 우물이 살구나무로 막혀 물을 풀 수가 없었다.

한참이 지난 후에야 불은 완전히 초가집 한 채를 다 태우고 꺼졌다. 송장 타는 냄새에 동네 사람들은 코를 들지 못했다.

"모녀가 다 타죽은 게 아닐까?"

"윤 정승의 외숙이라는 자가 이 집 딸을 첩으로 달라고 성화가 대단하더니."

"그래도 종실녀 아닌가. 보통 사람 같았으면 넘어다 보지도 못할 여잔데…… 허 참."

동네 사람들은 중구 난방으로 떠들다가 송장을 파내기 시작했다.

"대체 무슨 송장이 이리 많은고."

"글쎄, 이삼십 명은 족히 되겠는걸."

그 때 불탄 재를 쑤시어 내던 한 사람이 화들짝 놀라 소리를 질렀다. 포교들이 쓰는 칼들이 무수히 나왔기 때문이었다.

"그런데 왜 포교들이 타 죽었을까?"

귀신이 곡할 노릇이라는 생각에 동네 사람들은 몸을 부르르 떨었다.

이 소식은 곧 남부에 전해졌고, 그 날로 좌우 포도청에서 알게 되었다. 그리하여 윤원형은 외숙 박재삼이가 종실녀를 첩으로 삼으려 하다가 원인 모를 불에 타 죽은 것까지 알게 되었다.

윤원형은 외숙의 참혹한 죽음으로 화가 머리꼭대기까지 치밀어 올랐다.

"도망간 에미와 딸년을 즉시 잡아 오너라!"

윤원형은 좌우 포도청을 들볶았다. 그러나 기껏 동네 여자 둘이 형조에 붙잡혀 와서 계집 셋과 사내 한 사람이 큰 우물가로 해서 어디로인지 달아났다는 목격담을 얘기한 것이 전부였다.

윤원형은 그 때 벼슬이 영중추부사(嶺中樞府事)였다. 이 관직은 이름과 세력이 세상을 뒤덮을 수 있을 만큼의 위치였다.

그는 하고 싶은 일은 무엇이든 할 수 있었다. 그러나 외숙이 무참히 산화장을 당했어도 범인의 실마리도 찾지 못하자 더욱 분을 참지 못하였다.

형조판서와 형조참판을 닦달하였고, 책임을 물어 남부의 주부(主簿)와 참봉의 벼슬을 빼앗아 버렸다.

이 때 좌변포도대장은 남치근이었고 우변포도대장은 이몽린이었다. 남치근은 아직 젊은 사람이었으나 사람됨

됨이가 현명하여 신망을 받고 있었다.

윤원형은 우선 남치근을 불러 그날 목격된 사내놈의 행적과 과부 모녀의 종적을 찾아낼 것을 명하였다.

남치근은 영중추부사 윤원형의 부탁을 받고 무척 기뻤다. 범인들만 잡으면 큰 벼슬이 굴러 떨어지는 것은 당연한 이치였기 때문이었다.

먼저 우포장 이몽린과 상의할 목적으로 그를 찾아갔다. 이 포장은 당대의 세도가인 영중추부사 윤원형이 자기를 무시하고 젊은 남포장에게 부탁한 것이 비위에 거슬리는 한편, 은근히 부러운 생각도 들었다.

그런 그의 속마음을 알았는지 남 포장은 못마땅한 협박조로 을러댔다.

"영중추 대감 분부시니까, 영감께서도 소홀히 다루시지는 않으시겠지요?"

"그게 무슨 소리요. 소홀히 할 리가 있겠소이까!"

이 포장은 펄쩍 뛰며 말을 계속이었다.

"난 영중추 대감 분부 이전에 다 알아 보았소이다. 바로 그 외숙 되시는 분이 벌건 대낮에 종실녀 한 사람을 강제로 겁탈하여 첩을 삼으려 했소. 거기서 생긴 싸움으로 참혹하게 타 죽은 것입니다."

"……"

남 포장은 구체적인 내용은 모르고 있었다는 표정이었다.

"벌써 멀리 달아나 숨어 버렸을 놈들을 지금 어디 가서 잡겠소!"

"아, 그런 내막은 모르고 있었습니다."

남 포장은 한동안 말없이 앉아 있다가 물러나가 버렸다.

'애초에 잘못은 박가에게 있는 거로군……'

남 포장도 그만한 분별은 있었던 것이다.

형옥을 안구의 집으로 데려온 후 꺽정은 뿌듯함을 감추지 못했다. 얌전하고 정숙한 분위기의 형옥을 바라볼 때마다 뻐근한 기운이 용솟음 치는 것을 느꼈다.

그렇지 않아도 항상 넘치는 기운과 욕정을 주체 못해 곤란해했던 꺽정은 하루라도 빨리 형옥과 한 이불 속으로 들어가고 싶었다. 거친 사내일수록 은근히 속살같은 여자를 밝힌다던가?

게다가 형옥은 뼈대가 있는 종실녀였고 꺽정과는 차원이 다른 여자였다. 꺽정은 생각할수록 자신이 복 많은 사내라 생각했다.

꺽정이 이런 생각을 하고 있을 때 안구는 염탐군을 보내어 배바위골의 동태를 살펴오도록 시켰다.

"선생님, 배바위골에 난리가 났답니다."

꺽정의 방문을 벌컥 열어제치고 안구가 걱정스럽게 말했다.

"난리?"

"포교와 포졸뿐 아니라 형조까지 범인을 잡기 위해 눈이 뒤집혀 있어요."

안구의 말에도 꺽정은 심드렁한 표정을 지어보였다.

"당분간 바깥에 나가지 마시고 배바위골 처녀나 들여 앉혀 살림이나 하세요."

"종실녀나 주무르고 있으면 되겠구만."

꺽정이 넉살좋게 말하고는 턱수염을 만졌다.

"선생님도 참…… 영웅이 색을 밝힌다고 하더니 틀린 말은 아닙니다. 어쨌든 날을 잡아 식을 올리셔야죠."

"제길헐! 꼭 혼례를 올려야만 계집 노릇이 되나?"

안구는 그 말에 빙긋이 웃음을 지어 보였다. 그날 밤 돌이 할멈이 와서 혼례의 필요성을 재차 강조했다.

"보통 여염집 색시라면 모르겠지만 종실녀의 신분이니 물 한 잔을 떠 놓고라도 혼례는 치러야 합니다."

"귀찮구만……"

종실녀를 한시바삐 품고 싶은 생각밖에 없는 꺽정이었다. 이런 저런 절차를 따질 여유가 번거롭게 생각되었던 것이다.

"사십이 넘으신 양반이 복사꽃처럼 물오른 새색시 장가를 드시면서 그게 무슨 말씀이시오."

"허어 참……"

헛기침을 하면서도 연신 쑥스러운 웃음이 흘러나왔다.

사흘 후에 간소하게 혼례를 올렸다. 한양 온지 한 달도 못되어 두번째 계집을 얻은 것이었다. 그것도 종실녀의 신분이었으니 그 기분 또한 남달랐다.

워낙 단단한 체구와 마디마디에서 힘이 흘러 넘치는 꺽정인지라 첫날밤부터 색시를 가만둘 리 없었다. 우왁

스러운 몸뚱이와 갸날픈 여인의 몸놀림은 서로의 색깔이 달랐다. 그렇기에 더욱더 호기심과 게걸스러운 욕심을 내게 하기에 충분한 두 사람이었다.

그러나 경험이 많은 꺽정과는 달리 색시의 첫날밤은 설레임과 두려움이 교차했다. 마지막 순간에 두려워 몸을 사리는 색시를 우격다짐은 아니어도 평생 잊지 못할 환희의 고통을 남겨주었다.

색시는 처음엔 격심한 고통과 두려움으로 이를 깨물었지만 차츰 꺽정이가 영웅 아니면 호걸로 우러러 보이게 되었다.

그것은 단순히 강건한 육체뿐만 아니라 꺽정이의 자상한 마음 씀씀이와 인품이 형옥을 감동시켰던 때문이었다. 마치 거칠고 육중한 바위산 가운데 맑은 옹달샘을 감추고 있는, 생각지 못한 곳의 은밀한 감동이었다.

"이제 평생을 한 이불 속에서 마음껏 하실 터인데 무엇이 그리 급하세요."

첫날밤에 비단 이불 속에서 형옥이 용기를 내어 속삭였다.

"겨우 한평생이니 아까워서 이러는 것이 아니오."

나른한 열기가 퍼진 형옥은 꺽정의 농담에 살풋 웃음을 흘렸다.

꺽정은 끝없는 세월을 참아 온 용암화산처럼 잠시도 가만히 있지 못했다. 이곳 저곳을 쓰다듬고 입을 맞추고 으스러져라 껴안았다.

형옥의 몸은 갈아 엎은 밭처럼 머리끝에서 발끝까지

흐트러지는 것을 느꼈다. 형옥은 자신의 몸을 그토록 정성스럽게 사랑해주는 꺽정이가 좋았다.

꺽정은 꺽정이대로 다른 남자들과 질펀한 성 관계를 맺는 기생이나 작부들보다는 알맞게 얼굴을 붉히는 형옥을 깨물고 싶었다.

배 아래에서 쌔근대는 형옥의 도톰한 입술과 맑은 눈, 그리고 하얀 피부를 가진 몸매를 볼 때마다 꺽정은 사족을 쓸 수가 없었다.

고통인지 새로운 세계로의 환희인지 모를 몸서리의 진동을 느낄 때마다 꺽정은 힘이 더 솟는 듯했다.

새벽 닭이 울 때쯤에야 두 사람의 숨소리가 잦아들었다. 그렇게 기뻐하는 딸과 사위를 볼 때마다 형옥의 어머니는 뿌듯함을 느꼈다.

장모는 꺽정을 바라 볼 때마다 '저만하면 훌륭한 장부(丈夫)의 기상이 분명해' 하며 스스로 딸을 준 데 대하여 마음의 위안을 얻었다.

안구는 꺽정이를 보면 짓궂은 농담을 걸었다.

"색시 호강이 찰떡맛처럼 진득합디까?"

"이제 시작일 뿐이네, 이 사람아."

꺽정은 무척 계면쩍은 표정으로 멋쩍게 수염을 쓰다듬었다.

남색과 여색을 즐기다

　도덕 여울의 배돌이는 배알이 뒤틀렸다. 한양 가면 혹
시 장가라도 보내줄 줄 알았던 꺽정이 자신은 아랑곳없
고 자기만 재미를 다 보는 것같아 심사가 좋지 않았던
것이다.
　벌써 한양 온지 두서너 달이 되었건만 계집 맛은 조금
도 보지 못했다. 뻗치는 젊은 기운을 잠재우는 것도 여
간 쉽지 않은 일이었다. 낮과 밤으로 자신의 물건을 자
위로 달래보지만 그것은 너무 싱거웠다.
　자위를 하고 걸레로 아래를 닦아 낼 때마다,
　'이럴 바엔 차라리 도적이나 검은 고개를 지키고 있느
니만 못한걸……'
하는 생각이 머리 꼭지까지 치밀어올랐다.

검은 고개에는 젊은 여인들이 가끔 생기기도 했었다. 굶주린 재미를 간혹 강간(強姦)이나 겁간으로 채우기도 했었던 것이다. 칼로 목줄을 겨눌 필요도 없이 요절을 내버리면 쥐도 새도 모르는 일이었다.

한양에 와서 여자 손목 한번 잡지 못할 바에야 지금의 생활은 빛좋은 개살구에 불과했다.

홧김에 임꺽정을 관가에 잡아 바칠 생각도 해보았으나 청석골 도적들이 보복을 할 게 두려웠다.

배돌이는 아무리 생각해도 해결할 방법이 없었다. 그렇다고 계집에 대한 굶주림을 그냥 눌러 참고 지낼 수도 없는 일이었다.

그 때 생각난 것이 안구의 집 상노(床奴) 아이였다. 열네 살 먹은 남자 아이로 얼굴이 여자처럼 꽤 고왔다.

배돌이는 무릎을 탁 쳤다.

'옳지! 바로 곁에 미색(美色)을 두어 두고는……'

그렇게 생각한 그는 그 밤부터 상노 아이인 노마를 품고 자기 시작했다.

처음엔 노마도 추우니 한 이불 속으로 기어 들어갔고, 나중엔 배돌이가 핥고 주무르고 하는데 진저리가 났다. 그러나 결국 두 사람은 한 이불 속에 부부가 되고 말았다.

노마는 처음엔 닭살이 돋고 귀찮았지만 차츰 익숙해지자 손길이 그리워지기까지 했다.

남색도 여색과 조금도 다르지 않았다. 한번 정이 붙게 되면 눈이 뒤집어지게 정을 쏟게 되는 법이다. 또한 서로가 깊은 애정을 갖게 되기 마련이다.

하루 이틀 밤이 지나고, 이젠 배돌이와 노마는 떨어지지 못하는 사이가 되어버렸다.

배돌이는 '꼭 여색과 같으니 검은 고개가 부럽지 않은걸' '계집보다 훨씬 낫군' 하는 생각으로 노마에게 빠져들었다. 노마는 실제로 얼굴이 계집처럼 고울 뿐 아니라 영리하여 꺽정의 잔심부름까지 도맡아 하고 있었다.

밤에는 배돌이에게 사랑인지 욕정인지 모를 육체의 부대낌으로 보냈고 낮에는 꺽정의 일로 분주했다.

그러던 노마에게 일이 터지고 말았다. 꺽정이 심부름 값으로 준 상목꼬투리를 고궁곡에 사는 부모에게 갖다 준다고 떠난 후 사라져 버린 것이었다.

노마의 부모는 그 사실을 알고 울부짖었다.

"저녁까지 먹여서 보냈는데 돌아오지 않다니 기절할 노릇이오!"

그 나이에 길을 잃었을 리 없고, 설사 그렇다 해도 영리해서 금방 찾을 수 있는 아이였다.

안구는 집안에서 부리던 놈이 야릇하게 실종된 데 대하여, 그 부모에게 꼭 찾아보겠다고 위로했다. 그러나 장안의 십만 인구에 어디가서 찾을지 막막했다.

배돌이는 배돌이대로 노마에게 풋정이 들어 아쉬운 마음이었다. 또한 꺽정이는 눈앞에서 영리하게 일을 처리하던 아이가 없어져 불안하였다.

꺽정은 먼저 불안에 떠는 부모를 안심시키기 위해 위로의 말을 전했다.

"인명은 하늘에 달렸는데 쉽게 죽을 리야 있겠소? 만에 하나 잘못되었다고 해도 우리가 원수를 갚아 줄테니 너무 걱정들 마시오."

옆에 있던 안구 역시 한 마디 거들었다.

"혹시 포도청에 무슨 혐의를 받고 붙잡혀 있을지 모르니 다리를 놓아 알아 보겠습니다."

입이 타들어 갈 정도로 걱정을 하는 부모도 딱하지만 배돌이 또한 속이 쓰렸다. 한창 남색의 속맛을 알아가던 배돌이로서는 밤이 되면 이불 속이 그렇게 허전할 수가 없었다.

시간이 흘러갈수록 오리무중인 행방을 찾을 수가 없자 사람들은 보쌈을 의심하기 시작했다. 돈 있고 권세 있는 집안에서 가끔 액땜을 위해 보쌈을 해가기도 했기 때문이었다.

어느 날 한낮이 기울어갈 때쯤, 바깥에서 왁자지껄한 소란에 꺽정과 안구가 방문을 열었다. 마당에는 봉두난발을 한 노마의 어미가 찾아와 발악을 하고 있었다.

그 뒤에는 그 남편인 듯한 자가 따라 서 있는데 그 또한 얼굴이 말이 아니었다.

"내 아들 찾아 주어요, 내 아들!"

어미는 목에 굵은 핏줄이 툭 불거져 나올 정도로 소리를 질렀다. 안구는 먼저 부인을 안정시키고 남편에게 신중하게 물었다.

"아들의 종적을 본 사람을 아직도 못 찾았소?"

"아무래도 보쌈해 간 흔적이 제일 높습니다."

"자세히 얘기해 보게."

"우리 집 부근에 있는 무당이 그 날 땅거미가 질 무렵 남산골엘 갔다가 돌아오는 길에 저의 아들 비슷한 놈을 먼 발치로 보았답니다. 그런데 그 뒤를 장정 사오 명이 쫓아오다가 홋이불같은 걸로 싸서 업고는 꽁지가 빠지게 달아나더랍니다."

"노마가 확실한가?"

"무당이 말하는 걸로는 장담은 못하지만 비슷한 것이 많아서요. 아무래도 보쌈이 분명한 것 같습니다요."

"……"

"자식 새끼라고는 그놈 하나뿐이었는데……"

아비의 눈물은 진한 것이었다. 콧물까지 뒤범벅이 된 남자 앞에서 꺽정과 안구는 뭐라고 할 말이 없었다.

아들의 행방을 찾을 수 있는 유일한 끈이 이 곳뿐이라는 듯 노마의 에미도 목 놓아 울기 시작했다.

"이놈들이 날 잡아가지, 왜 우리 아들을 잡아 갔는지 애통할 뿐입니다. 흐흐흑…… 제발 찾아 주세요. 나으리!"

안구가 보다 못하여 꾸짖었다.

"보쌈해 갔다가 장가든 총각이 허다한데 왜 이리 방정 맞게 구오!"

아무리 소리를 쳐도 자식으로 말미암아 상처가 난 부모의 눈물을 그치게 할 수 없었다.

온 집안이 눈물 바다로 변해 소란스럽기 그지없었다.

여기에 이르자 안구도 할 수 없다는 듯이 굳게 약속을
해버렸다.

"내가 목숨을 내놓고 선생님과 함께 꼭 찾아줄테니 이
만 돌아가거라!"

"정말입니까? 우리 아들 꼭 찾아 준다는 게?"

"선생님과 날 철썩같이 믿으시오!"

노마의 부모는 더 이상 생짜를 놓지 못하고 마지못해
안구의 집에서 물러나왔다.

보쌈이란 것은 무엇인가?

보쌈은 말 그대로 보(褓)로 싸서 없앤다는 뜻이다. 넉
넉하게 잘 살던 집에서 딸이나 손녀 딸의 관상이나 사주
팔자에 미리 액땜을 필요로 할 때 쓰던 방법이 곧 보쌈
이다.

지체없는 집안의 총각 아이를 몰래 잡아다가 가짜로
신부와 성례를 시키고는 곧 처치해 버리는 것이다. 그러
니 총각은 귀신도 모르는 죽음을 당하게 되는 것이다.

보쌈해 간 집안을 대개가 알기 힘들지만 그 집안의 하
인배들을 잘만 조사하면 내막을 알 수 있기도 했다.

그러나 총각을 훔쳐간 집안에서도 일이 커질 것을 두
려워하여 하인배들 단속을 철저하게 해두기 때문에 좀처
럼 알기가 어렵다.

노마의 부모와 약속을 한 안구는 그 날부터 집안에 드
나드는 관상쟁이, 무당, 매파 등을 불러다 놓고 남북촌
(南北村)간에 돈 많고 권세좋은 집안에 과년한 색시나
액땜을 필요로 하는 딸이 있는지 샅샅이 뒤지게 했다.

한양 벌판에서 안구의 세력이 워낙 크기 때문에 삽시간에 그럴사한 집을 끄집어 내게 되었다. 혼인할 나이가 된 딸을 둔 집은 많았지만 특별한 이유가 있어 가지 못한 집안을 찾는 데에 힘을 쏟았던 것이다.

북촌 근방에 시임 좌의정 조광한의 집이 어느 사주쟁이의 입에서 지목되었다.

조 정승의 집안은 아들은 하나도 없고 딸만 칠공주였다. 그의 부인은 첫딸을 낳고 세간밑천이라고 반가워했다. 두번째도 딸을 낳고는 불안해하기 시작했다. 둘째도 딸인 경우 대개 세째도 딸인 경우가 많다.

네째도 딸을 낳고는 조 정승의 부인은 통곡하고 싶었으나 그럴 수도 없었다. 다섯째, 여섯째, 일곱번째에도 딸을 낳고는 부인은 얼굴을 도저히 들 수가 없었다.

일곱째 딸을 낳았을 때는 체통을 중요시하는 조 정승까지도 애가 타서 넋두리가 자연스럽게 흘러나왔다.

"허 참, 전생에 무슨 죄가 있다고…… 후사가 큰일이군."

그렇다고 딸들을 모두 없앨 수도 없었다. 부모의 몸에서 태어난 죄밖에 없는 딸들을 바라보면 한숨부터 흘러나왔다.

이럭저럭 키우는 정과 깜찍한 재롱에 빠져 과년한 딸들을 다 출가시켰으나, 일곱째 막내딸에게 괴팍한 사주가 발목을 잡아버린 것이었다.

그것은 세 번 남편이 상(喪)을 당할 운수였다. 이 운수대로 막내딸은 이 승지의 아들과 약혼하였으나 시아버지 될 사람이 갑자기 불의의 병으로 죽어버린 것이었다.

약혼자는 부친의 명복을 위해 대삼년(待三年)을 하지 않을 수 없었고 삼 년이 끝나는 해에 신랑이 될 남자가 그 죽은 아비를 쫓아 급살을 해버린 것이다.

그래서 막내딸은 삼 년을 기다린 보람도 없이 그만 까막과부가 되고 말았다.

팔자가 거기에서 끝난 것이 아니었다. 일 년 지난 뒤 다시 수원 권 판서의 막내아들과 가까스로 약혼이 되었는데, 약혼한 지 석 달만에 그 약혼자 또한 물에 빠져 세상을 떠버린 것이었다. 두 번의 피치못할 변고를 겪은 부모는 그 사주팔자가 무서워지기 시작했다.

팔자가 드센 딸의 어머니는 밤이면 잠을 이루지 못했다. 어느 모로 보나 딸 중에 가장 미인이고, 재주가 많은 막내딸의 운명이 가련하기 그지없었기 때문이었다.

위로 여섯 딸들이 모두 판서가 아니면 장차 판서감으로 지목된 인물들에게 시집가서 주렁주렁 아들들을 낳고 복록을 누리는데 유독 막내딸 희옥이만은 남편들이 비명횡사하니 가슴이 타들어 갈 수밖에 없었다.

어느 날, 생각다 못한 부인은 대감의 방문을 열었다.

"여보……"

"이 밤에 웬일이오?"

"글쎄, 희옥이 때문에 잠이 오지 않아요."

"그래서 나왔소?"

부인의 마음을 모르는 것이 아닌 조 정승 또한 마땅한 해결책이 있는 것도 아니어서 안타까울 따름이었다.

부인의 얼굴을 보자 걱정을 잠시라도 잊게 해주고 싶은 것이 남편의 마음이었다. 조 정승은 부인의 허리를 가만히 이불 속으로 끌어당겼다.

조 정승은 젊어서부터 인삼 녹용은 물론이고 독사까지 고아먹어 정력이 웬만한 젊은 하인들 못지 않았다.

"아이, 대감도……"

나이 지긋한 부인도 조 정승 앞에서는 새색시같은 앙증맞은 소리가 흘러나왔다. 부인은 마지못한 듯 오랜만에 영감의 몸에 안기면서 곧 시작될 영감의 대담한 행동을 받아들였다.

마치 마음의 고통을 육체적인 학대를 통해 보상이라도 받으려는 듯 전에 없이 격정적인 몸부림으로 신음을 토해내었다.

한참 동안 젊은 사람들 못지 않게 땀을 흘리고는 부인이 영감의 오른팔에 안긴 채 지극히 낮은 음성으로 입을 열었다.

"희옥이 일을 어찌하면 좋겠어요?"

울먹이는 부인의 잔주름을 안타까이 쳐다보던 조 정승은 곰곰히 생각에 잠기더니 눈을 부릅뜨고는 부인의 귀에 무엇인가를 속삭이기 시작했다.

말을 듣던 부인이 토끼눈을 해가지고 대감을 바라보았다.

"괜찮을까요?"

"어쩔 수 없는 일 아니오. 이러다가 희옥이를 처녀귀신 만들 작정이오?"

"그럼 그렇게 하시도록 하세요."

부인이 모기 소리로 대답을 하고 남편을 똑바로 바라보지 못하였다.

"부인은 염려 말고 희옥이나 간수 잘 하시오."

"염려는 놓겠지만 남의 자식을 죽여가지고 제 자식의 팔자를 고친다는 게 도리에 옳을까요?"

"허어, 도리에 옳고 그름을 따질 때요? 할 수 없으니 한번 해보는 거지."

"대감만 믿겠어요."

그로부터 사흘 후에 과연 조 정승 집 하인배들이 십오륙 세 내외의 초립동이 하나를 큰 보에 싸가지고 밤에 달려들어 왔던 것이다.

그날 밤 상노 아이는 꺽정이에게 후한 상금으로 상목한 필을 타가지고 그 길로 부모에게 갖다주자 부모는 너무도 기뻐하였고 자식을 대견스럽게 생각하였다.

상노 아이도 기뻐서 한 달음에 안구의 집으로 가던 중, 멀찌감치 어두운 골목에서 사람들의 소리가 심상치 않게 들려 왔다. 무서운 생각에 주먹을 불끈 쥐고 막 뛰려는데 뒤에서 누군가 자신을 부르는 소리가 들려 왔다.

"애야, 애야."

그래도 상노 아이는 대답을 하지 않고 달렸다. 상노 아이가 도망치는 순간 뒤에서 급하게 발걸음 소리가 우르르 들렸다.

몇 걸음도 도망치지 못하고 억센 기운이 목덜미를 틀

어쥐는 느낌이 나더니 순식간에 자루 속 쥐새끼 신세가
되고 말았던 것이다.

상노 아이는 자루 속에서 숨이 막히는 만큼 불안에 떨
었다.

한참 후에 훈훈한 방안의 공기가 느껴지고 여자의 분
냄새가 배어 있는 아릿한 냄새가 코를 찔렀다.

자루를 거꾸로 하여 바닥에 쿵 하고 떨어진 상노 아이
가 정신을 차렸을 때는 화들짝 놀라지 않을 수 없었다.
으리으리한 신방이 아닌가!

눈을 멀뚱멀뚱하게 뜨고 사방을 둘러보았다. 온갖 향
기가 진동하는 방안에는 신랑 신부를 맞이하는 쌍심 대
황초가 이글이글 타오르고 있었다.

'대체 무슨 일이지? 죽이는 건가, 살리는 건가.'

상노 아이는 정신을 차려야 겠다는 생각에 눈을 똑바
로 뜨고 방문을 응시했다.

이윽고 한 시간여가 흐르자, 뒷문이 은밀하게 열리는
소리가 들렸다. 소름이 쫙 끼쳐 고개를 들었다.

아니 이게 웬일인가. 꿈결같은 일이 벌어지고 있었다.
혼례 때 입는 옷을 곱게 차려 입은 묘령의 미녀가 자신
을 향해 걸어오고 있는 것이 아닌가.

평생 꿈도 못 꿀 산해진미에 백옥같은 피부의 부인까
지 얻는 꼴이 되어 버린 것이다. 무언가 잘못 되었다는
생각에 가슴이 방망이질치기 시작했다.

상노 아이의 기분과는 상관없이 예정된 혼례의 격식이
그대로 시행되었다. 상투를 틀고, 도포를 입히고 처녀를

향하여 맞절을 하였다.

혼이 빠져 어리둥절한 상노 아이는 옆에 사람이 시키는 대로 손발을 움직일 뿐이었다. 호박이 넝쿨째 들어온 것인지, 지옥문을 열고 발을 디딘 것인지도 모를 뿌연 안개 속을 걷는 기분이었다.

그 때가 새벽 인시(寅時)나 되었을까? 새벽닭들이 요란히 울 때였다.

그러나 그뿐이었다. 절을 한 번 하고 나자 아까의 무지막지한 장정들에 의해 도로 자루 속에 들어간 쥐새끼 신세가 되고 말았다.

그제야 상노 아이는 이빨이 딱딱 떨리는 공포를 느꼈다. '이제는 죽는구나!' 하고 생각했을 때 몹쓸 운명을 증명이라도 하는 듯 음산한 목소리가 귀를 울렸다.

"살아 있는 채로 자루에 넣으면 쓰나!"

그것은 곧 '죽여서 넣지, 왜 산채로 넣느냐' 하는 말과 같았다. 그 말뜻을 안 상노 아이는 눈물도 나오지 않았다. 너무도 겁에 질려 똥과 오줌을 지렸는지도 몰랐다.

"으응…… 으응……"

장정 한 사람이 신음 소리를 듣고는 매섭게 소리쳤다.

"강가에서 징징거리면 안 될테니 애초에 목줄을 따서 가게!"

자루 위로 상노 아이의 모가지만 달랑 꺼내고는 날쌔게 올가미를 목에 걸었다. 그 순간 상노 아이는 땅을 향해 떨어지는 폭포수처럼 사람들의 얼굴들이 빠르게 지나갔다. 어머니, 아버지, 꺽정이, 배돌이, 팔자에 없던 신부의 모습……

"캐캐캑…… 캐캑……"

상노 아이의 목에 올가미를 풀자 자루 속으로 맥없이 풀썩 주저앉았다. 상노 아이의 숨이 끊어진 것이다.

장정들은 자루를 메고 한강으로 나갔다. 그 때는 벌써 동녘이 훤하여 한 사람 두 사람 어부들이 얼음 구멍을 뚫고 고기를 잡기 위해 모여들기 시작했다.

"이크, 안 되겠다."

"모래사장에 그냥 묻읍시다!"

사정이 좋지 않자 상노 아이는 그냥 한강 백사장에 묻히게 되었다. 상노 아이의 가련한 운명은 한강의 얼음 구멍에 들어가 물귀신이 될 뻔하였다가 모래 귀신이 된 것뿐이었다.

안구는 꺽정에게 조 정승집에서 보쌈을 해간 것이 분명하다고 단언했다.

그 말을 들은 꺽정은 담담했다. 정확한 증거가 없으면 못 믿겠다는 표정이었다. 안구는 자신만만한 태도로 자초지종을 얘기했다.

"조 정승집 하인 한 놈을 뇌물로 삶았습지요."

"뇌물에 넘어가던가?"

"뇌물 싫다는 놈이 천하에 있습니까?"

"그야 그렇지."

"상목 열 필에 그냥 나가 떨어졌어요."

"살아 있다던가?"

"보쌈해 간 놈을 살려놨겠습니까!"

"음……"

"한강 모래사장에 암장하였노라고 실토했습니다. 그 곳 약도까지 얻었습니다."

"수고하였구면."

그 이튿날 안구와 꺽정이가 하인 몇을 데리고 한강 모래사장으로 시체를 찾기 위해 나섰다.

약도를 따라 훑어보니 한 곳에 조그만 봉분 비슷한 게 있고 발로 짓밟아 놓은 곳이 있었다.

"이곳을 파보게!"

여럿이 삽과 괭이질을 하자 한 자가 못미쳐서 히끗한 옷자락이 드러났다. 옷자락을 움켜잡고 뽑아 올리니 송장의 얼굴이 삐죽이 솟아올랐다.

벌써 파묻은지 여러 날이 되어 상한 데가 많았으나 배돌이는 상노 아이라는 것을 금방 알아차렸다.

여러 사람이 송장을 보고 외면했으나 오직 배돌이만은 목을 놓아 울었다.

"하루 밤을 자도 만리장성을 쌓는다더니……"

안구와 꺽정이도 배돌이가 우는 것을 당연하다고 생각했다.

한편 상노 아이의 부모도 아들의 시체를 찾는다는 소문을 듣고 한강으로 달려 나왔다.

아들의 시체를 보고는 그 어미는 땅을 치며 통곡하였고 아비 또한 흐느끼기 시작했다. 발광에 가까운 울음을 울던 어미는 마지막 아들의 얼굴을 자세히 보려고 묻은

흙을 털어내다가 뒤로 주춤하지 않을 수 없었다.

눈을 부릅뜨고 입을 벌리고 죽은 아들의 모습이 너무나 흉했기 때문이었다. 어미는 완전히 넋이 나간 얼굴이었다.

바로 얼마 전까지만 해도 상목 한 필을 들고 토끼처럼 깡충거리던 아들이 어찌 이런 몰골이 된 것인지, 하늘이 원망스럽기 짝이 없었다.

며칠 후 꺽정이와 안구가 장례 비용을 후하게 주어 장례를 치르게 했다. 상노 아이의 저승길은 그리 외롭지 않게 형식은 갖췄지만, 아이 어머니의 한은 마디마디에 고 혀를 깨물고 싶을 만큼 고통스러웠다.

"이 원수를, 이 한을…… 반드시 갚아 주겠어……"

그로부터 날이면 날마다 상노 아이의 어미가 안구의 집에 찾아왔다. 안구만 붙들고 자식 원수를 갚아만 주면 무슨 일이든 하겠다고 통사정을 했다.

"원수를 알고도 못 갚으면 내 아들이 구천에서 떠돌지 않겠어요? 제발……"

"시임 좌의정의 세력이 어떤지 모르고 그런 말을 하오? 누구 죽는 꼴 보고 싶소!"

"집안을 뿌리 뽑지 못하겠으면, 그 집의 딸년이라도 죽여 원수를 갚아 주세요."

안구는 보쌈한 범인을 찾기 위해 고생을 했는데, 정승집을 상대로 원수까지 갚을 생각을 하니 난감했다.

"그런 일은 나의 힘으로는 안 되고 혹시 우리 선생님

같으면 모르지……"

그 말에 상노 아이의 어미는 눈이 번쩍 뜨였다.

"진작에 가르쳐 주시지요!"

다음 날부터는 안구보다도 꺽정이에게 더 애타게 조르기 시작했다.

상노 아이의 어미는 비록 나이는 사십줄에 가까웠으나 자식이라곤 상노 아이 하나뿐이었는데다가 그것도 스물 남짓한 나이에 보았던 아들이었다.

삼십이 넘어서부터는 아이라고는 가져보지 못한데다가 선천적으로 워낙 살결이 고와서 아직도 스물여덟, 아홉으로밖에 안 보였다.

한양에서 벌써 두서너 달 동안 계집 냄새라고는 맡아보지 못한 배돌이는 은근히 상노 아이의 어미가 아름다운 여자로 보여가기 시작했다.

매일같이 찾아오는 그 여인의 몸을 문틈으로 훔쳐보며 수음하기 일쑤였다. 배돌이는 마침내 그 여인의 몸을 탐하기로 결심했다.

우선 계집의 몸을 취해 자신의 욕정을 달래야겠다는 생각이 앞섰던 것이다. 그는 기회를 보며 그녀의 몸을 취할 날을 호시탐탐 노렸다.

배돌이의 속셈

꺽정은 요즘 새로 들여 앉힌 종실녀 형옥에게 빠져, 밤이면 밤마다 헤어나질 못해 날이 밝도록 안구의 집에 나타나지 않았다.

그 날 아침도 상노 아이의 어미는 머리를 풀어 헤치다시피하여 꺽정이를 찾아왔다.

"선생님, 아직 안 오셨나요?"

상노 어미가 꺽정의 방문을 엿보는 것을, 문틈으로 훔쳐보던 배돌이는 방문을 열어 제치며 말을 걸었다.

"아주머니 오셨소?"

반가운 기색을 잔뜩 넣은 배돌이의 물음에는 아랑곳없이 여인은 꺽정이만 찾았다.

"선생님은 어디 가셨소?"

"우리 선생님은 요새 밤낮없이 가시는 데가 있다오."

"어디 다니시는지 알 수 없겠소?"

"조금 있으면 곧 오실 겁니다. 추운데 방안에 들어와 기다리시다가 만나뵙는 게 좋을거요."

사내의 방에 함부로 들어가는 것이 계면쩍은 일이었으나 꺽정을 꼭 만나야 된다는 생각에 배돌이의 방으로 불쑥 들어갔다.

배돌이의 가슴은 두근거리기 시작했다. 이렇게 계집과 가까이 한방에 앉아 있어 본 지가 얼마만인가! 그는 슬그머니 뚱딴지같은 꾀가 솟아오르는 것을 느꼈다.

"이리 가까이와서 불이나 쬐시우."

먼저 가까운 데로 여인을 유인하였다. 가만히 여인을 바라보니 옷매무새부터 함부로였다. 그러나 그것마저도 배돌에게는 매력으로 보였다.

"춥지 않소?"

배돌이의 은근한 말투가 걸렸는지 여인이 앵도라지는 표정을 지어 보였다. 배돌에게는 그것 역시 아름다워 보였다.

속에서는 붉은 열기가 살큼살큼 올라오고 있었다. 배돌은 생각했다.

'흥, 지금까지는 너의 몸뚱이지만…… 내 꾀에 넘어가지 않을 수 없을 것이다.'

배돌이가 자신있게 생각하고 있을 때, 여인은 배돌이를 힐끔 바라보고는 추위에 몸서리를 쳤다.

"이렇게 추운 날씨에 떨지 않으면 천하장사지요."

배돌이는 은근히 여인의 자존심을 매만져 주었다.

"자식을 잃은 뒤로는 추워도 추운 줄 모르고, 배가 고파도 고픈 줄 모르겠소."

"지금이야 속에 불덩이가 들어 앉았으니까 모르지만 나중에 큰일나지요."

"큰일이고 작은 일이고간에 오래 살고 싶지도 않소."

흩어진 머리를 매만지며 여인이 분에 겨워 넋두리를 했다. 짧은 옷저고리 앞섶으로 분홍빛 젖꼭지가 살풋 엿보였지만 여인은 자식을 잃은 설움에 이것도 저것도 신경을 쓰지 않았다.

배돌이는 여인의 구름같은 젖무덤을 빠르게 훔쳐보고는 마른 침을 삼켰다. 가슴 속에서 무언가가 울컥울컥 치밀어 올라오는 것을 간신히 참아 내고 있었다.

'흩뜨러진 속살의 맛도 일품일 거야. 이렇게 고운 계집도 드물 거야. 오늘 참 잘 걸렸다.'

배돌이가 이런 생각을 하고 있을 때, 여인은 몸을 비비꼬기 시작했다.

'저 계집도 내 마음을 알고 몸을 뒤트는 것이 아닐까? 홧김에 서방질 한다더니 자식 잃고 딴 생각이 나는 게 틀림없어……'

이미 달아오른 배돌이는 모든 것을 자기 식대로 해석하였다. 이미 흥분이 머리까지 차 올라 수컷의 본능만이 꿈틀대고 있으니 그럴 수밖에.

이윽고 배돌이는 모든 신경이 계집의 치마 아래로만 향하였다. 그것도 그럴 것이 워낙 색을 밝히던 위인이라

궁여지책으로 상노 아이와 남색(男色)을 즐겼을 뿐, 여색에 대하여는 벌써 이 년 가까운 동안을 굶어 지낸 탓이었다.

'어떻게 하면 저 계집과 재미를 볼 수 있을까?'

배돌이는 궁리에 궁리를 거듭했다.

배돌의 음흉한 생각을 조금도 의심치 않고 있는 여인은 그저 꺽정의 발걸음 소리만을 기다릴 뿐이었다.

'옳지!'

감쪽같이 좋은 생각이 떠오르자 배돌은 손뼉을 칠 뻔하였다. 배돌은 천연덕스러운 웃음을 띠우고는 넌지시 말을 건넸다.

"아드님을 내가 엊저녁에 만났지요."

여인은 아들을 만났다는 말에 깜짝 놀라는 표정을 지었다.

"네에?"

"아드님을 만났다니까요. 왜그리 놀라시오?"

"어떻게 만나셨나요?"

지푸라기라도 잡고 싶은 심정의 여인은 사리 분별을 할 경황이 없었다.

"지난 밤 꿈에 와서 참 반갑게 만났지요."

"꿈……"

꿈이라는 말에 한풀 꺾인 표정이 되면서 아들이 저 세상으로 가버렸다는 사실을 새삼 깨닫는 얼굴이었다. 그래도 아들을 만났다는 것이 그렇게 반가울 수 없었다.

"그래 꿈에 만나 뭐라고 말합디까?"

무척이나 궁금해하는 표정을 힐끔 살핀 배돌이는 이
때가 기회라는 듯 틈을 주지 않고 말을 이어 나갔다.

　"그놈이 나하고 노상 한 달간이나 한 이불 속에서 부
부나 형제 모양으로 뒹굴었지요. 정도 참 많이 들었었지
요. 그러던 녀석이 죽은 뒤에 한 번도 나타나지 않기에
사람이 죽으면 정을 뗀다고 하더니 그 놈도 그러는가 보
다고 생각했지요."

　"그래서 무어라고 했냐니까요?"

　"속으로 매정한 녀석이라고 생각했는데 아, 꿈에 나타
나 뜬금없이 부탁을 하지 뭡니까!"

　"부탁요?"

　"염라대왕이 친히 나와 이 녀석에게 허가없이 왔으니
인도환생(人道環生)을 시켜 주겠다고 했다고 합디다."

　"다시 사람의 몸으로 태어난다는 말씀이오?"

　"그렇지요. 노마는 사흘 말미 동안에 태어날 곳을 물
색해야 된다고 합디다. 그래서 사방으로 찾아다니느라
꿈 속에라도 한 번 오기가 힘들었다고 사정 얘기를 하더
라니까요."

　"그랬으면 이 에미에게 왔을 텐데……"

　여인은 아들의 얼굴을 볼 수 있는 기회를 놓친 것같아
아쉬운 듯 중얼거렸다.

　"그러지 않아도 그 녀석이 조용히 말합디다."

　"뭐라구요?"

　여인이 더욱 흥미를 느껴 배돌이 옆으로 바싹 다가앉
았다.

"그 애가 하는 말이, 우리 어머니가 날 잊지 못해하는 것을 보면 내가 다른 곳에 갈 맘이 어디 있겠느냐고…… 그래서 집에 가보았더니 아버지가 아직도 끙끙거리고 앓아 누워 있어서 들어가지 아니하고 바로 나에게로 왔답니다. 그래서 나에게 꼭 들어 달라며 애절하게 부탁을 한다고 했지요."

"그것이 무엇이오?"

"사흘 안으로 우리 어머니를 이리로 모시고 올테니 배돌이 아저씨께서 내 말을 자세히 하시고 내 당부를 어기지 말아 달라구요."

배돌이는 은근한 눈짓을 보내며 가만히 여인의 어깨를 쓰다듬었다. 놀라서 바라보는 여인을 향해 배돌이는 바로 이것이 부탁이었다는 듯 고개를 끄덕였다.

여인은 얼굴을 붉혔다. 그리고 아까와는 다르게 고개를 다소곳이 수그렸다.

배돌이는 더욱 음탕한 생각이 가슴에 소용돌이치기 시작했다. 한껏 부드러운 목소리로 은혜를 베푸는 듯한 처신을 하는 배돌이였다.

"그 녀석이 그렇게 신신당부를 해도 설마 했는데, 이렇게 아주머니가 아무도 없는 제 방을 스스로 찾아드니 꼭 그 애가 일부러 모시고 온 것만 같습니다."

여인은 더욱 부끄러운 듯 몸을 떨었다. 여인의 몸을 끌어 더욱 밀착시키는 배돌이를 보고 여인은 무슨 큰 결심을 한 듯이 배돌이를 우러러보았다.

"정말로 제 아들이 인도 환생을 할까요?"

"아, 하고말고요."

"예전에도 그런 얘기가 있다고도 하긴 하였지만서
도……"

말꼬리를 흐리는 것이 막상 몸을 풀자니 쉽게 판단 내
리기가 힘든 눈치였다.

"그 녀석은 참으로 효자인 것 같소."

아들의 얘기가 나오자 여인은 마음이 약해져 배돌이의
손놀림을 더 이상 어찌지 못하였다.

배돌이의 숨소리가 귓전에 와 닿자 여인 또한 응낙하
는 눈치를 보였다. 이에 배돌이는 한번 방문을 열고 밖
을 내다본 다음 여인의 허리를 안고 이불로 미끌어져 들
어갔다. 여인 또한 호흡이 가빠지기 시작했다.

배돌이는 워낙 계집에게 굶주렸던 때문에 고운 살이
맞닿자 숨이 턱에 닿도록 헐떡거렸다.

계집의 허리 아래로 더듬어 들어가, 아까 보았던 젖무
덤을 터질 듯이 움켜 잡았다. 여인의 자지러지는 숨 소
리가 배돌이의 가슴에 더욱 불을 질렀다.

배돌이의 열기가 하도 강했던지라 여인 또한 슬쩍 받
아 줄 수가 없었다. 배돌이의 거친 몸놀림이 있을 때마
다 여인 또한 사지를 꿈틀거렸다.

바깥은 대낮이어서 두 남녀의 조그만 움직임 하나 표
정 하나가 그대로 서로에게 전달되었다. 그래도 여인은
중간중간에 계면쩍은지 배돌이의 얼굴을 정면으로 보지
못하고 외면하였으나, 배돌이는 여인을 무지막지하게 다
루었다.

여인 또한 아들의 한을 조금이라도 풀어 줄 양으로 정성을 다하였다.

"끄응……"

여인도 흥분을 하여 소리를 지르면서 배돌이의 허리를 힘껏 움켜 잡았다. 숨이 차오른 여인이 재차 확인을 하듯 배돌이에게 물었다.

"정말, 그 애가 신신당부를 했나요……?"

배돌이 또한 여인의 맘이 변할까 두려워 가쁜 숨을 몰아쉬며 말을 꾸몄다.

"당부하고말고…… 당부를 해도 이만저만한 당부가 아니었지. 분명히 어머니를 모시고 온다더니, 그놈 참……"

모자를 농락하는 말은 씨근덕거리는 숨소리에 섞여 상노 아이 어미의 가슴을 파고들었다.

한 시간여가 흐르자 육신의 구멍 곳곳에서 기름같은 땀방울이 흥건히 배어 나왔다. 햇빛이 방안으로 환하게 쏟아져 들어오자 여인은 부끄러운 듯 빛을 피해 고개를 옆으로 돌렸다.

"조금만 더……"

배돌이는 마지막 힘까지 다해 몸부림을 쳤다. 여인도 자식 잃은 슬픔을 모두 흘려 보낼 심산으로 다리에 온힘을 모았다.

"끄응……"

두 사람은 이내 떨어져 나와 숨을 고르느라 천장을 바라보았다.

외설 **임꺽정 (3)**　　(전5권)

2021년　3월　10일　인쇄
2021년　3월　15일　발행

지은이　;　마 성 필
펴낸이　;　김 용 성
펴낸곳　;　**지성문화사**
등 록　;　제5-14호 (1976.10.21.)
주 소　;　서울시 동대문구 신설동 117-8 예일빌딩
전 화　;　02) 2236-0654
팩 스　;　02) 2236-0655　　2236-2952

정 가　　w14.000 원